嫉妬の法則

——恋愛・結婚・SEX

ビートたけし

角川oneテーマ21

目次

第一章　恋愛論「純愛なんて作り物なんだ」

「純愛」の定義について

●ブスと純愛の関係

「純愛」なんて言うヤツはブスな女が多い。要するに男が手を出さない女。手を出してくれないなら、「純愛」という形でみんなも一緒に巻き込んで相手してもらおうということなんだ。

「純愛とは何か」ということを分析してみると、大部分の基本的な考え方は、セックスとの遮断みたいなことがかなりある。大体の人が「純愛とはセックスをしないこと」とかきれいごとを言ってさ、すぐそっちから入る。「純愛」という状況は、かたっぽでいえば、セックスに行きづまったということにもなるね。

だから、松任谷由実《まつとうやゆみ》の歌で、「必ず舌は入れない」とかさ。デライトライトキスとかいうのか、純愛っていうと、結局は根本的には性的なことが常に引っかかってきちゃうんだ。

おいらに言わせれば純愛なんていってもべつに、性的な結び付きがあったっていいと思うんだ。ただ、性的な結び付きはあるんだけども、それが実際には肉体的なこと、経済的なこと、地位とかが違うとか、あらゆることで、その二人の結び付きを妨げる障害があるのに、なおかつそれを乗り越えて結び付こうとするっていうのが、今までの純愛の定義のはずだった。

昔、裁判官が被告の女の人に惚《ほ》れちゃってさ、「刑を軽くする」なんて言っちゃったことがあった。検事と被告の女の人が結び付いたりするのも、映画とかドラマでもテーマだったんだけどね。そういうことは純愛そのものだったんだ。今は、お互いの精神力によって、簡単に結び付けるものをあえて結び付かないようにしているという我慢の気持ちというかね。それがつまり現代の純愛だね。

男と女が知り合うと、すぐその日のうちにホテル行っちゃったり、とにかくそれは簡単なことだからさ、逆にそういうことをしないってことが純愛を考える上で反作用で出てきてるんだな。

●「会ったその日にやる」ということ

今の女の生活様式っていうのが、下手すりゃ三カ月に一ペンずつ変わってるわけ。会社の帰りにクラブへ行って踊って、ナンパされて男と知り合って帰るみたいなのもあったけど、その次のブームではカフェバーへ行って、軽く飲んですぐうち帰ってなんていうのも……。最近では会社終わったらすぐうちへ帰って、お笑いのテレビ番組を見る。だからそういうふうな流れをね、若いヤツは自分たちでじゃんじゃん変えていって新しい生活スタイルを作っている。

恋愛でも純愛が流行《はやり》なんていうのもひとつの通過点で、いきなりセックスしなくなってさ。

とにかく、「純愛っていう恋愛の方法が一番」だという考え方、これがもうちょっとたつと「会ったその日にやる」と、そういう時代がくるぞ。おいらは、それを待ちかねているんだけどね。

●ブームを仕掛ける人

ファッションだって同じ。メーカーとかデザイナーが「今年の色は何色だ」って、勝手に決めてるわけだから。黒だとか、パープルだとかいうでしょ、そしたら必ずその後には街にその色が氾濫《はんらん》するんだから。そこには〝仕掛人〟が必ずいて、自分の都合のいいように一般の人たちを操作してるっていうのがあるぜ。

流行のミュージシャンは今年はこういう感じの歌をブームだと考えて曲を作って、その曲をいざ出すと若者がのってくれてヒットするという。だから、流行のミュージシャンはブームをつかむことのできる一番の商売上手と言える。

デザイナーなんかは、世の中の動きを敏感に察知できる職業の人だから、「だいたいこういうんじゃないかな〜」って考えながら仕事をする。もちろん当たらないのもある。昔の石津《いしづ》謙介《けんすけ》さんみたいにさ。ＶＡＮが流行ったあと、急にモッズルックっていうのを出して、みんなこけたことあったな。あれは大笑いさせていただきました。

感性で「世の中こう動くな」って思う人は、時代のやや先頭に立つんだよね。でも、一番先頭だと、岡本太郎さんみたいに誰もついてこないからさ。みんな、「太陽の塔」みたいに「ふざけるな」ってことになるから。流れの先頭じゃなくて、やや先頭集団にいるっていうのが、時代の流れとしては一番いいんじゃない。芸術家でも芸人でも何でも。

●純愛を説く奴は、ソープ嬢に説教しているオヤジと同じ

昭和のテレビドラマの『君の名は』なんて今見ると、妙にやらしいんだよね。わざと理性で抑えているっていうかさ。男が「こんなこと言うと、この女の人に嫌われるんじゃないか」って心配して、手も触れずになんてのはさ、やたらストリップ見て怒っているオヤジみたいだぜ。自分が本当の自分を表現するの抑えてるって感じだね。

　ソープランド行って、ソープ嬢に説教しているオヤジがたまにいるっていうんだよね。「こんなことをしちゃいけないよ」ってさ。お前がいけないんだって。要するに、本当にそういうことしているけれども、ちっとも精神的には純粋じゃないってこと。

でもよく子供は純粋だっていう。それは物事に対する反応が、隠し切れないってのがあるんでさ。例えば、子供はうまそうなものを見ると、目が点になるとか、小遣いっていうとジッとしちゃうわけでしょ。自分を抑えるってことは、自分が生きて行く過程の中で、いろんなことを教えてもらってるから、食べ物をじっと見ながら食べるっていうのは、すごく下品な感じがする。グワッて食べてたらイヤでしょ。でも子供はグワッて食べられる、ハンバーグでも何でもさ。

大人っていうのは、食べながらでもあたりを見たりなんかする。それは他人が自分をど

ういうふうに見てるのかを気にするから、あたりを気にしながら食べてるんだけど、子供はただひたすら食べることに夢中なわけ。

それが純粋だとしたらね、男の人が女の人に会う時に、純愛を求めるなんてことはないわけで、お互い体の結び付きってのは必ず来るもんだから、それを求めるっていうのがだいたい最終的なことだからね。精神的なものもないわけじゃないけど、そうすると純愛だなんてことで抑えることが、結局は非常に不純なことのような気がするね。

●耐えて耐えて最後にはやってくれる

「ショー」みたいなもんでもあるよね、純愛なんてさ。例えばボクシングとプロレスの違いみたいにね。プロレスっていうのはショーなんだ。本当ならいきなりぶん殴っちゃえば終わりなんだけど、力道山《りきどうざん》の時代から、必ず耐えて耐えて、最後には期待通りにやってくれるというシナリオ。

純愛もそれと同じなんだよね。いつか結び付くんだろうけど、耐えて耐えて。ボクシングなんてカーンって始まって、いきなりバチッて1ラウンドでKOされちゃう時あるでしょ。盛り上がりがプロレスに比べて、非常に少ないんだよ。プロレスっていうのは作っていくもんだから、最後に逆転フォールだとか、そういうものをやるためにレフェリーが見て見ぬ振りをしたりね、誰が見ても凶器を使ったのに見てないと言ったりさ。

かなり古い話だけど元・総理大臣の宇野さんの女性問題があった。

宇野さんなんか、愛人のほうが出てきた時、純愛だって言いきればよかったんだよ。「私には女房子供がいるから、あの女の人とは純愛なんです。一緒になりたくてもなれないんです」ってそう言えばかっこよかったんだけど、〝お手当〟を一〇万円とか三〇万円しかあげなかったからもめちゃってさ、結局あんなことになっちゃったんだ。

一方でカセのある恋愛っていうのもあるね。お坊さんと死体の恋愛ならわかるが、お坊さんと幽霊とかじゃあんまりカセでも何でもない。兄貴がお坊さんで、弟が医者っていう家庭もあるからな。動物でいえばヘビとカエルみたいなもんだね。これはちょっときついなっていう感じかな。ヘビとカエルの恋愛で、どうにかしたいなって思って、どうしたら成り立つかっていうと、カエルが異常にでかいとかさ。それではどうだろう。

昔、遠距離恋愛が流行ったことがあった。シンデレラエクスプレスっていったっけ？

あれは、ただホテル代がないって感じがするけどな、もう一泊できないってだけで。一泊して朝帰ればいいんだからさ、朝一で。ホテル代がないってだけで、それを純愛って言ってごまかしていいただけじゃないの。

●「死んでやる！」「産んでやる！」という怖い言葉

必ず純愛で聞く言葉は、〝相手のために死ねるか〟とかカッコイイのがあるね。でも女に「死んでやる！」って言われたら、すっごいイヤだよ。怖いでしょ。これはとんでもない恐喝になっちゃうぜ。

おいらも言われたことあるよ、死んでやるって。これはすごいプレッシャーだよ。でも、「死んでやる」、それから「産んでやる」の言葉はもっと強烈だぜ。

自分の地位も名誉もなくなっちゃうかなって思って、「ちょっと待て！」ってなっちゃうからね。言葉的にはこれはおっかないよ。

でも「純愛」としては逆なんだよね。相手のために〝死ねる〟じゃなくて、本当の純愛は相手を〝殺せるか〟っていうことなんだよ。要するに死んでいくものには、あとに何もない。残されるもののほうがつらいわけだから。「この人のために死んでいく」っていっても、死んでいったものはそれだけだけれど、残されたほうは大変なものを背中にしょって生きていかなければいけないからさ。

一番の愛というのは、目の前の子供を愛情で殺せるかっていうことだね。子供に対する愛。だから「子供のために死ねる」っていうのはおかしな話で、子供を殺すほうが大変なんだ。その子が死んでも、また子供を作らなければいけないというつらさがある。子供が死んでも、親はまた子供を作れるけどね、親が死んだら子供はできない。だから、その目の前にいる子供とか女の人とかを殺せるかって。

ま、究極だよ、殺せるか殺せないかが愛。その人のために死んでいくのは簡単なんだ。殺さなきゃいけないということよりは。

今は死ぬのは簡単でしょ。中学生が手を取り合って、成績が悪いからって女の子同士でビルの屋上から飛び降りたり。あれはいわばブームだよ。なんかの映画で、どこかの滝が有名になったらみんな飛び込んじゃったでしょ。高島平《たかしまだいら》なんてとこは、「そこが飛び降り自殺の名所なんだ」なんて言ったら、全然違う所の新潟県かなんかから来て、そこから飛び降りちゃうヤツがいてね、いい迷惑だよね、あれ。

だから死ぬってことは、相手を殺すより簡単だよ。

アメリカという国は、だいたいが芝居がかったことの好きなところだからね。女の人とか他の人に対して。歴史に残るというのならやるわな、アメリカ人は。スタントマンみたいなもんだから、芝居していると、汚なそうに見えるけど、実際そうじゃない。やっぱりどんな局面でも、人間は芝居をしてしまうんだ、死の直前でも。

例えば、子供が踏切にいてお母さんが助けにいくのと、あるいは自分ちが丸焼けになりそうで、ダイヤモンドを取りに行って飛び込んで煙に巻かれて死んじゃったのと、だいたい同じこと。ただ対象が、かたっぽは子供で、もう一方はダイヤだから。でも、大事なものは大事なものでしょう。子供も親の欲だよ、自分のものなんだから。

●ここ一番に死ねるか？

タイタニック号が沈没したとき、日本人の乗客がいたんだよね。もうおじいさんになって、前に死んじゃったけど。その時外国にすごく怒られたのは「女、子供より先にボートに乗っていた日本人がいた」っていうことでね。それがずっと「日本人はろくなもんじゃない」って言われてた原因だけど、でもその人は全然違うって言ってるわけ。「絶対違う。無理やり乗せられたんだ」、「私は助かろうと思って乗ったわけじゃない」って、ずっと叫んでて、最後まで悔しがって死んでいったらしい。

一般の人たちは、みんな一緒に暮らしているんだから、その中での判断だよね。だからそうするしかなかったんだろ。

例えば自分の子供が死ぬところを目前にして〝ふわっ〟と助けに行くのはわかるけど。それ以上なにもできなくて、だから一緒に死んじゃうんだと思うよ。

それでも人間の生理的なことが、ついてまわるんじゃないかな。だからわが子とか、自分の分身みたいなのが死にそうな時には、自分か子供かでパニックになっちゃう。ここ一番って時に、どうするかってことだと思うよ、おいらは。

●体売ってる女子高生は純愛を語るな！

新宿かなんかの高校生で、サラリーマンのオヤジ相手に体売ってお金稼いでるヤツがいる。その子には高校生のボーイフレンドがいて、そいつには「手も握らせない」って言ってるの。「純愛だから」って。よくわからないけど。純愛だなんて言って、その男がそれほど好きだったら、裏でそんなこと絶対しない。

　今の世の中、みんな平均的だって思っている。「同じレベルだ」ってだいたいの人が。昔と違って、みんなが中流意識をもってる時だから、そんな圧倒的な純愛なんて頭ん中にない。

　今はタレントもクソもないんだもん。

　今までずっと教育を受けてきたヤツは、〝みんな平等〟できているわけ。生活も何も全部平等だと思っているから。だからもう、おいらなんかも、街歩いていても「よう」と声かけられるような状態だし。芸人に対してもそうだし、一般の人に対しても男と女に対しても、だいたい平行なレベルだから、〝この人のためになら死ねる〟とか、〝見上げるような人〟がいなくなってきている。

　感覚の中でも〝見上げよう〟なんて意識がなく、純愛もだいたい同じ位置での「恋愛ごっこ」みたいな感覚でしょ。昔は純愛じゃないけど、国が圧倒的なパワーを持っていて、〝お国のために〟みたいな、「この国のためになら死ねる」とか思っていたけど、今は国も同じレベルにきてるから、政治家も国民も「この国のために、なんで死ななきゃいけねぇんだ」とかってなってきちゃうよ。

●見上げるようなものを引きずり降ろす作用

正の部分と負の部分ってある。けた外れにすごいものって昔は正の部分にしかなかった。でも今は圧倒的にすごいものが出てきて、みんな「ホントにすごいのかな？」って思う。すると、必ず横から「実はこういうのもあるんだよ」っていうふうに、社会現象にまでなった〈一杯のかけそば〉の話みたいなのが決まって出てくる。みんな涙して、「ありゃあ良かった、いいなあ、あの話は」なんて言ってると、「(アイツは) 詐欺師だ」とかって出てくるわけでしょ。それで「私の涙を返せ！」って。

今は、「見上げるようなもの」は引きずり降ろす、というのが必ず反作用になって出るね。

芸人でもね、ちっちゃな芝居小屋でやってる時には、みんなすっごく褒める。要するにマイナーな部分では。それが例えばテレビに出て、全国的に有名になると、とたんに悪口が始まるわけ。我々もデビューの時異常に褒められたんだもの。喜んでると、ちょっとビッグになったら、今度はこき下ろされる。それの繰り返しだもん。必ず「最初に目をつけたのはオレだ」ってのがいて、「あいつらも売れちゃってしょうがないな」って、マイナーな時には何も言わないくせにさ。

相撲の世界でも横綱なんてなるとつまんないもんね。貴乃花親方の親父さんの初代・貴ノ花なんか大関止まりでね、だから人気あったんだよね。だから横綱になったらダメ。大《たい》鵬《ほう》が横綱になった時のつまんないこと。強すぎて、なんにも良くない。痩《や》せててまだ小結ぐらいだった時に、たまに栃錦《とちにしき》なんかに投げられた時なんて、「大鵬！　大鵬！」って喜んでたよねおいらは。

●恋愛はプラモデル作るのと同じ

恋愛なんて、情けない。プラモデル作ってんのと同じで、過程がおもしろいだけ。できた金閣寺なんか見たってしょうがないもの。金閣寺とか、薬師寺だとかなんかよくわけかんないプラモデルあるでしょう。あれ、できたもんを買う気にはならないでしょう。お土産でも。やってる時は一生懸命金閣寺作ってても、できたら、なんだこんなもんかって。あくまで過程を楽しむもの。

恋愛も二人がくっつく直前までがおもしろいんであって。だから、今はその過程を純愛という形をとって、いつまでも楽しんでいるんだよね。

だけどやっぱり現実として、子供つくる時には変な格好しなきゃいけないというのは人間の宿命だよ。いくらプラトニックラブでも純愛でも、「うちのかみさんとは純愛だったんだ」って言ったってね、お前をつくる時には純愛でつくったんじゃないっていうのがね、一番情けないよ。人間は。

おいらなんかほんとそう思うよ。男と女がいて純愛とか恋愛時代は楽しいけど、子供をつくる時はなんだってこんな格好をしなきゃいけないのかって思うぜ。

●たけし風純愛すれ違い小説

おいら前に小説書いてたんだよ。男と女が、喫茶店で知り合って、ひょんなことから話しだすんだけど、名前しか聞かないの。男のヤツも恋愛経験豊富だから、やんなっちゃうじゃん、女とずっと一緒にいると。ふつうは女のことといっぱい知りたいじゃない、どこに住んでるとか、会社はどこだとか、男がいたとか。でもそういうことを何も聞かないの。女もそういうことがあったらしくていっさい聞かない。ただ「一週間後の同じ時間にあいてますか？」って言うと、「あいてる」って、「またここで会いましょう」ってことで、ただお茶飲みながらあんまり話さない。でもそばにいるだけでいいっていう状態が続くの。

それで、「また一週間後会えますか?」って。「もし何かの都合で会えなかったら運がなかった」ということで「諦《あきら》めます」って。それでずっとそんな状態を繰り返すの。

で、最後のほうになってくると、男がだんだん夢中になってきちゃって、いろんなこと聞きたくなってくる。その前にホテルとか行ってる、あまり話さないけど。それで結婚したくなっちゃって、指輪買って、「今度あの子にこれあげて、いろんなこと聞いて、どうしようかな、一緒になろうかな」って思ってると、その日来ない。「一日間違えたかな」って思って明くる日行っても来ない。「一週間かな」って思っても来ない。ついにずっと会わなくなっちゃう。

それで男が転勤することになって、自分の部屋の荷物を整理していると、新聞にぱっと記事が載ってて、その喫茶店の女の人がひき逃げにあって、死んでるの。女は本当はその日にちゃんと来ようとしていたわけ。だけど事故で死んじゃって、来れなかったんだ。それで男がはらはら泣くという。でも何にも知らないわけ、お互いに。

そういうのは意外に愛の形としては成り立つんだと思う。愛とは相手のことをより知ることだっていう人がいるけど、おいらは知らないほうがいい。徹底的に未知の部分が多ければ多いほどいいと思う。

だって一目ぼれのほうがおもしろいじゃない。「きれいだな、あの子」って、「あの子いいな」って思った瞬間に近づければ一番いいわけでさ。それが一番衝撃があるぜ。

ほんとに愛は知りつくしちゃったらイヤでしょう。相手を理解するっていうのは、全部を頭の中に入れちゃうような、一つ一つのものがあって、ひと言いう度にぶつかりあったり、吸収したりする状態のほうがおもしろいと思うけどね。理解しあっちゃうより。

●医者の息子だから恋愛するという風潮

今の女の子が男を見る時に、何を考えているかって頭の中を見てみれば、「医者の息子だ」とか、間違いなくそんなことが出てくる。「親父さんが金持ちだ」とか、「車持ってる」とか。

まずそっちから攻めといて、それで「すてきだから純愛だ」なんてよくあることだよ。今の子なんてそれしか考えてないもん。ある子に彼氏がいるって聞くと、別の子が必ず、「どんな彼氏？　お金持ってるの？」っていきなり聞く。「どこの大学いってんの？」って。そういう自分に都合のいいことを全部背中にしょった男に、純愛を求めるっていうのが一番汚い。

●恋人のためにソープランドで働けるか

「恋人のために死ねます」っていうのはさ、「恋人のためにソープランドで働ける」ってこと。でも、そんなことをひと言でも言ったら、「そういう男は大嫌いだ」って言われる。「お前、おいらのために死ねるか？」「死ねます」って言ったら、「悪いけど川崎行ってくんねえかな」って言おうじゃないか。

純愛なんてものは、〝それを見てくれる人がいて、自分で言わなければいけない〟という状態だね。要するに作り物だということ。

自分で考えて、純愛とか愛とかっていうものは、いまだに考えてるけど、自分自身に対してだけであって他人に言ったことはない。

だから、おいらを一番愛しているのはおいらだって。自分を一番許せるし。おいらは自分自身が何をしても自分を許している、しょうがないと思うし。だから純愛の対象というのは、自分の中で見つけるべきだ、まず最初に。それから他人様のことじゃないかな。

おいら、自分が大好きだから。警察に捕まろうが、何しようが、カミさんに怒られようが。しょうがないなという、落語的な愛し方だよね、もちろん。よく八っつぁん、熊さんが「しょうがねえな。お前、けんかなんかしちゃってよ」っていう。おいらも自分のことを「しょうがねえ」って言ってるわりには、自分が好きだし。「しょうがねえ」と言いながら、最後にはやっぱり自分を一番許しちゃっている、自分自身が一番じゃないかなって。

だから自殺しちゃう人なんていうのは、実に愛も何もない人だって思うよ。自分に厳しくしているようだけど、ちっともこう自分に対する許容量も何もない人だって。

自分自身も耐えるよ。要するに、いろんなついてないことがいっぱいあるわけでしょ。「しょうがない、これは耐えるんだ」と耐えてる自分が好きだっていうこともある。

●猫飼うほうが女と付き合うより難しい

変な話だけど、女と付き合うより猫飼うほうが難しい時ってある。猫は難しいよ。過酷な愛だからね。

猫に対して「かわいい、かわいい」って言ったところで、猫はそんなのだいっきらいで、自分のテリトリーだけ。人間はエサくれる人だとしか思ってないんだから。

犬と猫とは正反対だからね。犬が一番かわいそうだと思う。律儀で涙出ちゃう。ちょっと声をかければ起きてくるしね。猫は起きたくなければ起きてこないし。それにしても、犬はどこでもなめるんだよね。あれは汚いね。ウンチなめた舌でどこでもなめてさ。少しはプライドを持ってほしいぜ。

愛という名のもとに

●旅館街のぽん引きみたいな愛

愛とかいうんじゃなくってね、愛をお金に考えなおすとわかりやすい。「あげる」より「もらう」ほうがいいっていうだけで、感覚的にみんな愛と金銭が同じで、「あげる」とか「もらう」しかないんだ。

もらうことばっかし、これはダメ。

今の若い人はね、「愛することと愛されること、どっちがいいですか？」なんて聞くと、「そりゃ愛されるほうがいいでしょう。損しないから」っていうタイプが多い。

愛するほうがいいよ。愛されでもしたら大変なことになる。

愛されるってことは、人からいろいろ気にかけられること。相手に対応しなきゃいけないじゃないか。イヤだぜ。だから「おいらに構うんじゃない、ほっといてくれ！」って言うね。

愛することは押しつけが多くてね。「あなたのこと愛してるから、こうしてちょうだい！」って言われても、それは愛してない証拠。「愛してないよ、オマエ！」って言いたくなるぜ。

「愛してるからお金ちょうだい！　愛してるんだから」って。これは旅館街のぽん引きみたいなもので、「私が損してるんだからお願いしますよ」なんてのと同じ。

●自分を一生懸命愛したあとに、ポロッとこぼれる愛

自分を本当に愛したことはいっぱいあるんだけど。自分を一生懸命愛したあとに、ポロッとこぼれる愛があるじゃない。それを人にあげようと思ってるんだけど、まだこぼれない。もうちょっと、お湯みたいに愛を注いで、ポロッとこぼれたら受け皿の分は「ハイッ！」ってあげたいね。

誰もわかんないって！　愛するってことが。具体的にどういうことをするのが愛するってことなのか。

昔は「愛とは死ぬことです」なんて言われちゃってさ、「死ぬことか」って思っちゃっ

たけど。今考えれば、昔と違って、死ぬことなんてどうってことないけどね。「生きること」って言われたら、「生きてるじゃないか」って言いたくなるじゃん。

●パンツを脱いでも絶対にやっていない

どこまでが、からだの関係かっていうのがあるよね。どこまでいくとからだの関係になっちゃうのかっていう。一般的にいうと「入れて動かしちゃったり、四回動かすまではい い、セーフ」なんてさ。

カミさんにどんなとこ見つかっても「何もしてない！」っていうのが愛してることなんだ。女とふとんの中にいるとこ見られても、抱き合ってるとこ見られても「何もしてない！」って。

「パンツ脱いでるじゃない!?」

「なに、パンツ脱いだだけだ！」

カミさんだって「ほかの誰とも違うと言ってもらいたい、それで安心するんだ」って言うでしょう。そういうふうに思い込みたいっていう。それでこっちは無理に無理を重ねちゃうわけ。

これよく考えたら、愛とかいう問題じゃなくて、自分をどうやって押さえ込むかっていうことの戦いになっちゃって、純粋な愛なんて問題じゃなくなる。そうなると、生きざまっていうか生き方の問題になっちゃうぜ。そういうこととは関係なく、愛とか純な愛とかって言われるとさ、そんな話になると必ずこっちの土俵に引っ張り込んで、我慢の仕方の方法で考えちゃうんだ。

やっぱりうちのカミさんはおいらを愛してるね。

「あんたは好きにしなさい。何でも……」って、言ってくれて。偉い！　だけど、好きにしなさいって言ってるわりには、お金一銭もくれない。好きにしたいんだけどできないんだ、お金がなくって。

やっぱり〈愛されるほう〉が楽だと簡単に思うのが間違いで、〈愛するほう〉が楽だよね。〈愛されるほう〉は〈愛するほう〉にいろいろ要求を突き付けなくちゃいけないんだ。〈愛されるほう〉は何してほしいって、いろいろ考え出さなきゃいけないわけ。映画に連れてってほしいとか、いろんなことを。そうすると〈愛するほう〉は、言われたことをやればいいだけ。そうすると〈愛するほう〉が楽、余計なこと考えなくていいからさ。

●人んちのカミさんを好きになったら

人んちのカミさんが相談もちかけてきたら、何かさせてくれると思うもん。前がふくらんじゃうのはしょうがない。「だめだ！」って、そこで怒ったって言うこと聞かない場合あるもん。

人んちのカミさんを好きになっちゃって、むこうもこっちを好きだけど、亭主のことを思うと絶対に手出せないなって思って、でも一緒に食事したりなんかすれば楽しいんだから。そりゃもう、どうにかしてホテルでも自分の部屋にでも呼びたいのはやまやまだけど、亭主のあいつさえいなきゃな。それがプラトニックラブだとしたらずいぶん苦しいぜ。トラブりたくないってだけかもしんないけどな。

会えないでいると、たまっていくわけだから、会った瞬間に火山の爆発みたいにボカン！　といっちゃうわけだ。

●二番目に好きな人と結婚する

お見合いの仲をとりもつおばさんはさ、人と人とをくっつけるのが大好きで、そのテクニックとしてさ、「二番目に好きな人と結婚しなさい」って言うそうだ。

これは「家庭をつくっちゃおう」「とにかく子供をつくらなきゃいけない」という、「とにかくまとめ上げなきゃいけない」という日本の戦争時代の方針のもとに考えられた手段なんだ、二番目の人と結婚しなさいっていうのは。国の代表みたいな顔した人に言われるんだから間違いないんでしょう。

おいらなんか今だってカミさんと熱愛中。長いんだよ。はまっちゃうんだよね。おいらは決して捨てない。背中にじゃんじゃん、いろんなしがらみが増えちゃって、前かがみになってきちゃったんだ。

おいらは「別れよう」と言ったことが一回もないんだから、増えっぱなしなんだよ、やんなっちゃうんだ。


若い子はね、したたかだから。「あのオジイちゃんは、いろんなもん買ってくれるんだ」って言われて……、それがいいとこだろうね。ま、それが分かっててやるのが好きなんだろうね。

おいらの女についての許容範囲？　狭いに決まってるじゃない。下は四歳、上は七五歳まで大丈夫だね。

●自分の思ってるとおりのいい家庭なんかない

結婚して一生さ、自分の思ってるとおりのいい家庭があると思う根性が間違いだね。家庭なんて苦労だらけに決まってるんだから。だけど苦労するってことはね、精神的に刺激があるってことで、心の問題としてはありがたいことだよね、哲学してるんだから。

また、お互いに縛りあおうってとこもあるんじゃない、好きだから。でも、このままほっておくと別れちゃうから、結婚で縛っておけば別れないっていうのもあるでしょう。

それぞれにパワーがいるっていうのは、それだけ離婚について考えるからパワーがいるんだよ。

おいらの友達なんかね、三回も結婚してて、「大変だろう、お前。パワーが？」って言ったら、簡単なんだってそれは。「考えてねえもん！」って。パワー必要としないんだよ、そういう人の別れ方って。

おいらみたいに、「これは別れるのに相当パワーいるな」っていうのは、考えてるわけだよ、まじめに。

実際別れる時はパワーいるんだけど、ふつうは。パッと別れる人っていうのはパワーいるわけじゃないんで、あっさり別れるんだよ。

●手、握んなくてもできるものはできる

昔はいいなずけだの、お見合いだのって、すぐ結婚しちゃったじゃないか。今でも、そういうおネエちゃんがいっぱいいる。

だからさ、手なんか握んなくたって大丈夫だ。手、握んなくったってSEXができる。うちのおふくろだって、父ちゃんのこと「見るのも手つなぐのもイヤだ！」って言いながら、五人も子供つくってるんだからね。

やっぱり嫁さんをもらうっていうのは、寂しいからってこともあるよね。寂しかったからもらったって。一人っていうのは冬の寒い時に、心寂しい時あるじゃない。それでつい猫飼ったりなんかする。結婚じゃなくてね、同棲《どうせい》しててもいいけど。

ただ同棲しているおネエちゃんのことを考えると、親とかにいろんなこと言われるから。だから、そういうことを考えると、結婚というものをしてあげたほうが、その女にとって

は楽な場合があるわけだ。まわりの意見とかがあって、男はどうしても、長いこと同棲してたら結婚しようってことになるんだ。

同棲のほうが楽な場合あるじゃない、いっぱい。でも女のことを考えると、親とか〝世間体〟ってことを考えると、結婚して籍入れることがベストかもって思うんだよな。

通《かよ》い婚《こん》なんてイイ！　夢のようだね！　イイ！　夜這《よば》い婚も、いいね。

女のほうが通うと、我々はそれをデリヘル嬢と呼ぶわけだ。

●同時に複数の異性を愛せるか？

何人も恋人がいる人って、同時に複数の異性のいいところを見つけ出せる人なんだよね。あっちとこっち、同じ人じゃないんだから。

おもしろいのは、こっちの人と逢《あ》ってると、もう一人のほうの人が一〇〇点になってくるんだね、逢いたくなって。それでそっちの人と逢ってると、またあっちが一〇〇点になってくる。

要するに点数は移動性なんだ。みんな六〇、八〇点じゃないの。その人に逢いに行く時はその人が一〇〇点になっている。でも、その人に逢ってると、今度はあっちが一〇〇点になってきて、また逢いたくなっちゃう。ロータリーエンジンの中でおいらはぐるぐる回ってしまう。ハイゼンベルクの不確定性原理になってるんだ。位置と運動量は同時には測れないっていうやつだ。

困っちゃうんだよね。あっちとこっち、同時に一位、比べちゃいけないのって。

二人以上と付き合うっていうのは、精神的スタミナとか、いろいろと必要でね。相手を並べちゃいけない。それはヤドカリのオヤジみたいに、こっちに殻持ってあっちも見ちゃうようなもの。だからかたっぽの空間に行った時には、他の男はいないわけ。で、こっちに行ったらこっちの男だけ。常に逢ってるのは一人のはずなんだけど、もっと大きなところから見ると、何人もいるように見えるだけだぜ。

嫉妬《しっと》の法則

●友人が美人のガールフレンドを連れてきたら

他人の彼女が美人だと徹底的にうらやましいね、本音で。嫉妬のカタマリを表に出して、「畜生！　畜生！」って言っちゃうぜ。うちに帰ってカミさんには殴る蹴《け》るだろうがね。あとは、その連れてきた女に、どこか悪いとこがないか徹底的に見て、それだけで満足するかも。「顔はきれいだけど、性格が悪い」とか、「前に男がけっこういた」とか、そうじゃないと立場がない。

「おいらだけどうしてこんなに惨めなんだ」って思うのイヤだもんね。

おいら、最後までつきまとって、どうにかしてその女の心をこっちに引っ張ろうかって考えるね。だって、嫉妬するってことは、「何でこんなヤツにこんないい女が！」ってことがスタートだぜ。初めからいい男にいい女なら、「あ、そうか」って納得するだろ。まだ自分は負けてないっていう気持ちがあるから嫉妬するんで、勝負が少しはあるってことなんだから。

海運王って言われたオナシスとか、そういうおやじがヨット持ってモンテカルロだとかモナコグランプリだとか見てると、「あ、負けたな」って思うけど、隣のおやじがそんなとこ出てたら、「馬鹿野郎！　この野郎！　船の栓抜いてやろうか！」って思うだろ。

●ブスの嫉妬の法則

女の子が二人いて「酒でも飲みに行かない？」って誘うと、必ずブスのほうが「行かない！」ってしゃしゃり出てくる。「自分は誘われてない」っていうのがピッ！ってわかるんだ。「私じゃないんだ」っていうのがさ。二人で誘わないとブスなほうが邪魔するから、とりあえず二人に「行かない？」って聞くけど、目的は一人なんだからさ。だいたい男はね、狙《ねら》いは定めてあるわけだから。ところがそれをピッ！っとわかってブスが「行かない！」って言うんだよね。「行かないわ！」って、いい女のほうに言っちゃって、「この人たち危ないわよ」「なんか飲ませて、なんかしようとするのよ」っていろんなこと言っちゃうんだよ、そいつが。だから黙って帰りゃいいのにまとわり付く。

もっと図々《ずうずう》しいヤツは、たとえば二人対二人いるとする。男はいい男とブ男、女もいい女と不細工な女。そうするとね、不細工な女はね、いい男はいい女をめざしてんのわかってるから、ブ男に対して媚《こ》び売るんだぜ。「やだよね、この人たち」とか何とか言ってさ、ブ男とブスでくっつこうとするんだ。ブ男だっていい女のほうがいいんだから、「なびくんじゃやない!」って思ってるのに、「ねえ、北野ク～ン♡」なんてくっついてくると、「お前なんか向こう行け!」って言いたくなるぜ。

●嫉妬パレード

(家の建て直しへの嫉妬)

下町で一軒の家が建て直しをする時さ、非難ゴウゴウなわけよ。

「二階なんて建てやがって、日当たり悪くなる」とか、「馬鹿野郎、あんな貧乏人が、相当汚いことして稼いだんだだよ」とかいろんなこと言われるわけ。みんなと同じ汚い家でなきゃダメなんだから。初めから負けたと思わせなきゃいけないんだ。

だから昔は、お大尽は圧倒的なパワーがあった。家建てる時は「建て前」なんていって、屋根の上なんかからお金まいたんだから。すると近所の庶民が必死になって拾ってさ、運がつくとかいわれるからさ。それが中途半端な家建てて何もしないとさ、「建て前の金もないクセに」とか言われちゃうわけさ。

　圧倒的なパワーでやらないと、ダメだもんね、なんでもさ。


（地位とランクへの嫉妬）

　役職みたいのは、ちっちゃな会社ほどいっぱいあるんだ。ヒラが少ないとこは、何年たっても上がれない、ちっちゃいから。だいたい七人ぐらいしかいないから、「社長」だ、「専務」だ「常務」だ「部長」だ、「部長補佐」だ、「課長」だ「課長補佐」だってなるんだよ。「班長」というのもあるね。「班長補佐」なんてのもあって、一番下の人間も役職ついてんだからね。むちゃくちゃだよ。

　おいらの実家の近所の八百屋の娘なんかが、女子大なんて行ったら大笑いになっちゃって。スキーのかっこうして外へ出たとたんに、寄ってたかってみんなに「馬鹿野郎！　この野郎！」って、「スキーなんか行ってやんの！」って。何にもしてないんだ、悪いこと。八百屋の娘が大学行っただけで、踏んだり蹴《け》ったりだぜ。

　おいらの兄弟なんかも「ペンキ屋の息子が大学行った」なんていったら、大変だった。

おいらなんか一番いいんだよ、漫才師だから。「それはそれなりだな」って言われてね。「良かった、良かった、たけちゃん！」って。

（美しさのランクへの嫉妬）

それは飛び込み台みたいなもんで、美人はもともと高いところにいるからさ。〝きれいからブス〟っていう美しさのランクがはじめっからあって、きれいな人が飛び上がれば、「おお、ずいぶん飛び上がったな」って思う。同じスタートラインじゃないんだからしょうがないね。

「かわいい」たって、キューティー鈴木なんか、中途半端なかわいさで女子プロやってるわけだからさ。もうちょっと良ければやってなかったはずだぜ。

要するに自分の生き方考えて、自分がまあかわいいのは分かるけど、そのかわいさをどの部分で生かすかってことでさ。アイドル歌手とか、役者とかいろいろランクがあって、女子プロ差別になるかもしれないけど、ここならスターになれるって計算して入ってるわけなんだから。

女のウソの見分け方

●「私から電話するわ」の意味

今はもう、女の人が嘘をつかなくなってきた。逆に言えば女の人が正直になってきたっていうか、女の人が嘘をつかなくてもよくなってきたじゃない。

例えば、「車で送り迎えするだけの人」とか。女の人がそういうふうに理解してて、下手すれば男の人も理解してる。

今はその子を車で送り迎えするだけだけど、昔はうまく扱って、「もしかすると、なんかもっと深い仲になれるんじゃないか」と思ったりして送ってたわけ。でも今は「送り迎えするだけの人」だって言われちゃったら、送るだけしかないんだからさ。男のほうも、そう言われれば理解しちゃうんだから。嘘のつきようがないぜ。

若い時は「電話番号教えて！」って言ったけどね。「イヤ！」って言われて終わりだった。「私から電話するわ」なんていう、そんな気を遣うヤツはいなかったぜ。「やーよ!」って言ってだいたい終わり。

だけど日本的に考えれば、相手に気を遣いながらも嘘だって分からせる心くばりが、だいたい礼儀作法にもつながっていくじゃないか。「私から電話する」ってことは、相手に気を遣って、ホントは電話する気はないけれど、儀礼的にこういうことを言ってすませるってことだからさ。電話してこないってことは間違いないけれども、まあまあ気を遣っているなってことまで考えて、この子は気がないんだなって思わないと。「電話かけるって言って電話かけてこないじゃないか!」って、そんな単純に怒ったってしょうがないぜ。


相手にとってあまりいいことじゃない嘘ってある。例えばさ、デートしようって約束して、「この日どうですか?」って聞いた時に、「その日はお父さんが来てるから、行かれない」って言われたら、相手にとってはおもしろくないことだ。

だけど逆に、ケンカもしてないのに「今日お父さんとケンカしちゃって、出てきちゃって、帰るところないの」って言われたら、相手にとってこれほどイイ嘘はないわけじゃない。これも同じ嘘だからさ。

例えば、あんまり女の人がいる飲み屋に行ったことがないヤツが、急に誰かに連れて行かれて、「あら、こちら素敵な人。電話、今度しますよ」なんて言われたら、かよっちゃうと思うぜ。

●「私は食事だけの関係ですから」

イギリスでは〝男と女が夜食事したらそういうことになる〟っていう形が基本的にできてるんだって。ところが今の女は、「男と女が食事しても関係なく帰れる」と考えている。これは大きな違いだ！　男にとって食事をしたら「そういうことになってくれればありがたい」わけだからさ。

「食事をしたらそういうことになる可能性が多分にある」というイギリスの人の考え方は、ありがたい。おネエちゃんだって、食事に誘われても、イヤなら断ればいいんだから。

食事するわ、映画は観るわ、それでスッと「あ、時間だ」っていうヤツいるじゃない。門限が六時ってのもいた。夕方じゃないんだぜ、朝の六時だ。明け方の五時頃酒飲んでて、「たけちゃん、ごめん。門限だ」だって。朝の六時にどんな門限があるんだって。「あ、だめ。パパに怒られちゃう！」だって。いいかげんにしろ。

そのへんのけじめが今の若い人はついてないんだ。要するに食事をしたり酒を飲んだりしたってことは、口説かれるっていうことと違いはない。そういったことを前提に、覚悟してつきあわなければいけない。イヤならイヤで、ちゃんと初めに断るべきことは断れ！

「私は食事だけの関係ですから」って！

さんざん食い放題食って「じゃあね！」っていうヤツいる。だんだんエスカレートして図々しくなるんだ。食事だけじゃなくて、今度は車で送らせたりなんかして。男にとってみれば、エスカレートしていくよ。でも、自分は「ただそれだけの仲」って、ずーっと思ってるんだよ女の人は。

もっとも男の人がみんなおいらみたいな感覚だったら、おいらは抜け駆けして一人で送ったりなんかしちゃうもの。どっちが有利かっていう、バランスの問題なんだからさ。

●女の「いやよ！」を考察する

「招き入れたらＯＫだ！」と男が考えてるとこが、甘いんだ。そういうのがいい悪いじゃなくて、「招き入れること自体がだめだ」ってことにしなきゃいけないんだろう、本当は。

すべての女性がセックスの対象じゃない。やりたくないヤツもいるぜ。「できたらいいな」って思って、ちょっかい出しても「いやよ」って言われたら、やめちゃうよおいらは。「いやよ」という言い方で、男の想像力がどこまで通じるかってことでしょ。「女が本当にイヤなのか」、「イヤっていって誘ってるのか」ってことは、男の判断だ。

女が悪魔なんだぜ。「いやよいやよ」って言って男をもり立てるじゃないか。すごいテクニックじゃない。女はそれを知ってて「いやよ！」とか「痛い！」とか言うんだよ。

飯なんか食わせなくていいの、何も。もったいないもんね、食い逃げされちゃうじゃんか。おネエちゃんがおいらんちに来て、帰らなかったことだってあるんだから。「飯食うか？」って言ったら「疲れてるから」って言うから、「じゃあ、お茶飲んで」って言って、部屋入れたら帰らないんだ。その気になっちゃってるの、ネエちゃんが。勝手にシャワー浴びて裸になって寝ちゃってるの。一回だけやりましたけど。失礼になるからね。ネエちゃんは「ありがとうございました」って帰ったけど、そういうのはいいんでしょ。ネエちゃんがその気だったんだから。しないほうが失礼だ。

おいらの場合、嘘つかなくてすむ。嘘つくってことはさ、要するに自分に有利なほうに持って行くわけでしょう。おいらみたいに、これだけいろんなことばれちゃってたらさ、嘘つきようがないじゃない。親父がペンキ屋だっていうのは間違いない。小学校の時は「イギリス大使館に勤めてて、親父は外交官だ」って嘘ついてたけどさ、すぐばれちゃったぜ。これだけテレビに顔も映ってて、記事書かれたら、嘘のつきようがないじゃない。「いやー、会社の仕事が忙しくて、貿易の仕事が」って「誰がやってるんだ！　お前は漫才師じゃないか」って。

おいらはカミさんには嘘ばっかしだから。嘘一千だよ。ばれませんよ、根本的なことは。「これから女の人に会いに行くよ」なんて言わないよ、そりゃ。黙って出ていくもん。何も言わない。そういう時には顔を合わせないようにしてるもん。だって、カミさんの勘が働くほどそばにいないからさ。

●匂《にお》いの嘘のつき方

匂いについてはね、毎日違う香水つけちゃえば嘘がばれない。何でもいいんだよ。飛行機乗れば飛行機の中にあるじゃない、何でもつけちゃう。いつでも違う匂いがついてる。だから匂いなんてのは、ちょっとじゃなくて思いっきり頭からかけちゃうんだ。

「匂いがついちゃいけない」なんて思ってちゃいけない。

匂いで打ち負かさなきゃだめだぜ。

とにかく嘘がばれそうで「正直に全部言っちゃわないとヤダ！」なんて女に言われてさ。「お互いに隠し事があっちゃいけない」なんてその時は言っても、隠し事があったほうがいいに決まってるじゃないか。相手が一人とか二人とかだからそういうことになるんでね、「嘘もいっぱいついちゃえば、だんだん丸く輪ができて、丸くおさまる」って山城新伍《やましろしんご》さんが言ってましたけど。嘘もさ、一個ずつで限定されるともめるんだ。嘘もいっぱいついちゃってさ、嘘がぐるぐる回って、本当のこと言っちゃうかもしれないからさ。だから、だめだぜ。一個や二個の嘘ついちゃさ。

●男の嘘

男の嘘は、いってみれば「女の人の化粧」と同じだから。女の人は化粧して嘘ついてるわけだからさ。それに男の人は女の人と付き合う時は、言葉やなんかで化粧してるわけだから。

やっぱりおいら一番まずい嘘は、自殺だと思う。よく事件あるけどさ、かなり狂言の部分あるじゃない。あれはやられたヤツは大変だろうなって思うね。

おいらはないけどね。知り合いでかなりいる。「今から死ぬ」とかさ。あれは嘘にしては失礼な嘘だよ。睡眠薬飲んで「私、今から死ぬよ」なんて言われて、ふっとんでってドアどんどんやってさ、鍵《かぎ》かかってて合い鍵もなくてどうしようかなって思ったら、中から開いた時あるからさ。「あ〜っ！」て。開けなきゃいいのに。

嘘もいっぱいあるけどさ、男のほうが嘘つく時に、相手のためにつく嘘って多いと思うぜ。女の人は自分中心に嘘をつくことがあるけど、男はわりかし相手中心に、嘘をつかされてるって時あるよね。

女の人はいつも突っ込む時、「あん時はこう言ったじゃない」って言うけど、いつもあん時なんだよ。過去の人間にしゃべるんだよね。

そもそも態度で分かるじゃないか。だから言葉で言うぐらい失礼なことってない。何気なく分かってくれないかなって思うんだ。だって口で言ったらさ、本当は「すみません。嫌いになりました。別れたいです」ってことになる。女の人は、さあ、勝負だ！って「イヤだ、別れない。一生苦しめてやる！」、そういうことになっちゃうよ。

●夫婦生活は戦いだ！

結婚してすごい貧乏暮らししてたら、男が「オレは食いたいけど我慢するから、お前食え」っていう結婚生活。そりゃだめだよ。お互いに首絞め合って、どっちが食うかっていうのが本当の夫婦生活で、戦いだよ。カミさんと殴り合って「いいや、オレが食うんだ」っていう、カミさんとの勝負。二人で腹すかせるより一人が食ったほうがいい。ベルリンの壁が崩れる前の東欧諸国がみんなそうだったじゃない。みんなで貧乏して失敗しちゃったわけだからさ。

嘘というより、年月が経つと現実に教えられちゃうってことあるでしょう。嫁さんもらって、嫁さんのお母さん見てドキッとするじゃない。そして「こうなるんだな」って思うよね。覚悟しなきゃいけないのに、現実に二〇歳の女の子見て、そのイメージがあるからさ。それが年とって変わっていくわけだから「お前ウソ！」って、言えばいいんだけど、「オレはお前の二〇歳の時の顔と結婚したんだ。ばか野郎！」ってさ。

男っていうのは意外に年とって財産持ったり仕事やってると、顔とかけっこう良くなる率があるんだよ。ところが女の人はこれが雪崩《なだれ》のごとく確実に下がっていくからね。

女の人はだいたい下がるんだけど、男の人は横ばいというか、やや上がっていくかなって。

三〇歳くらいまでじゃないの、女の人の価値が保たれるのは。男も、結婚した当時の容姿をずっと引きずろうとするからいけないんで、やっぱり覚悟していかないといけない。

●嘘の高等戦術

人間関係だからね。嘘をつくのと同時に、相手を選んで、「こいつはこういうこと言うと喜ぶな」って時があるからね。

嘘をつかないで許してもらうっていうのもある。例えばさ、本当は嘘をつくんだけど、わざと本当のこと言っちゃって、相手の土俵を立てといて許してもらう方法ってあるじゃないか。普通、サラリーマンで仕事休みたい時に「親が死にました」っていう理由をよく使うじゃない。でも、「また、そんな嘘ついて」って怒られる。だから本当に休みたいんだったら、「彼女とデートさせてください」って言えば、上司も「あ、いいよ。お前そんなに好きなのか」っていうことになるじゃん。

要するに、そういうふうにテストを逆にしかけちゃって、相手がこれで断ると「男らしくない」とか、「たいして太っ腹じゃないな」って言われるのがイヤだから、許してしまうという作戦に出る方法もある。でも本当はそれも嘘なんだけどさ。それを使いこなすわけだよ、うまいヤツっていうのは。

女はすべて嘘なんだ。女のすべてが嘘だから、それを拒否しちゃうとすべてなくなってしまうからね。

うちの親父だって、死んだ時の大嘘っていうのが、みんながはいつくばって笑ったんだけど……。親父は入れ墨してたわけ、それもうちのおふくろが絶対見ないところに、違う女の名前が彫ってあったんだって。病院から帰ってきて、おふくろが泣きながら親父の体を拭《ふ》いてあげてると「あら、なんだこりゃ？」って。何とか命って書いてあるの。

「この人は死ぬまでだましやがった！」って言ってたよ。

女と男・罪と罰

●煩悩を通すにはパワーがいるし、同じくらいのツケがくる

おいらはね、二枚目スターとして活躍した上原謙《うえはらけん》さんみたいな生き方は別にかまわないと思うんだ。年の離れた奥さんもらおうが何しようが。でも、どうもバランスの悪い人だったなって……。女の人が好きなのはいいんだけど、もうちょっと趣味でも好きなものを持てば、うまくいくと思うんだけどね、バランスとれてさ。

どうも、その部分だけが前面に出ちゃうと、なんかだめだなって思う。頭ん中で「年とったら、ウンチの始末もなにも私がやってやる」と奥さんが思っていても、現実にそのウンチ見たらイヤになっちゃうんじゃないかね。

上原さんを好きになったのは、「昔の大スターで、お金があってすてきなおじさんだから」好きになったんであって、「ヨボヨボになったおじいちゃん」を好きになったんじゃ

ない。

相手のほうも、いろんな関係があって自分でうまく立ち回ろうとしたからさ。いろんなこと言い過ぎて、自分をフォローするようなことばっかし言うからいけないんでね。「お金もなくなって汚いじじいになったから逃げちゃえ」っていうのが本音なら、正直に言っちゃえばよかったのにさ。

正直さは一番逃げやすいよね。泥棒した時に、「これ欲しかった」って言えばいいんだもんね。「これ欲しかったからしょうがない」って。「それで捕まっちゃったんです」って。いろんな言い訳、自分の環境からなにからいって、「だから盗んだんです」って。これじゃあ、嘘つけってことになっちゃうじゃないか。

煩悩なんていうのは、例えば浮気とかで、「結婚してるんだけど好きなネエちゃんと付き合っちゃう」とかいうと、パワーがいるでしょう。それをやることはかまわないと思うんだけど、同じくらいのツケが後でくるんだよ。

●不倫——男の場合は浮気と本気があって、それが逆になる場合がある

不倫を「だめ!」っていうお母さんたちは、もう自分は不倫ができない感じだよ。不倫

の相手が選ばない（？）ようなものだな。

良いか悪いかなんていうのは、いま千葉県知事やってる〝いつも青春〟の森田健作さんなんてさ、誰が聞いてもいいこと言ってるんだよね。確かに言ってることはすばらしいんだよね。でも疑ってしまうっていうかさ。それだけ良いことばっかし言ってるんだから、何かあるんだって思っちゃう。例えば「ここで立ち小便しちゃいけません」って看板があってもね、やっぱりしなくちゃしかたない時があるんだよね。

好きになったら、不倫しちゃったって、いいんだよべつに。バンバン不倫しちゃって、それこそ毎日したっていいんだから。

そもそも「不倫」っていうのがわからない。今の時代は結婚している人が、カミさん以外の人と付き合っちゃうっていうのを不倫と言ってるけど。要するに、カミさんのいる男のヤツが、外へ行っておネエちゃんと付き合うと、おネエちゃん側から言えば不倫っていう感じがするけど、男は浮気だよ。おネエちゃんの立場で言えば、それは妻子ある人とそういうことするのは不倫だなっていう、女の感覚だよ。

男の場合は浮気と本気があって、それが逆になる場合があるんだ。カミさん以外のよそのおネエちゃんのところに行くのが本気で、カミさんのところに帰るのが浮気という場合もあるんだから……。

　現実的にカミさんと、付き合ってるおネエちゃんとの比重があって、自分は付き合ってるおネエちゃんのほうが大事だとしたら、カミさんのところに帰ることは浮気になるわけだ。これ、一時的じゃなくて長いこともあるわけだから。

　三人目が出てくると、この二人に対して、浮気ということになるんだね。

●「女の人が側にいたらいいな」って年をとって思うけど

　年をとって理想的なのは、「女の人が側にいたらいいな」って思うけど、相手はこれからずっといくと、カミさんになるんだか誰になるんだかわかんねえな。でも、ファミリーっていう感じもべつにイヤじゃないからな。カミさんや子供と一緒にいるのもほのぼのしてていいけどな。

　煩悩とかいっても、やっぱりある程度は浮気をやらなきゃだめだよ。やらないうちに煩悩がどうのこうのって、ある程度やるとそれに対してイヤなこともいっぱいあるけど、それと戦わなきゃいけない。

　若い女の子が誰も見向きもしない変なオヤジだっているんだから。そういうオヤジがね、

「不倫なんかしてよくない」なんて言うけど、本当はやりたいんだよ本人だって。やってみなさい！　辛いから。やってもやらなくても苦労は同じだけどね。そのしわ寄せが全部自分にくるでしょう、そのための働きが大変なんだよ。辛くて、辛くて。

　だいたいカミさんとの間がね、「太い心の絆《きずな》で結びついている」なんていうのが大きな間違いでね。そんなものはいらないんだよ、カミさんには。違うもんで結びつきたいんだよ、どうせ。若いおネエちゃんとの精神的なプラトニックのつながりなんて、表面上でいうけどね、女の人にとってショックなのはね、関係なんだから。

　プラトニックなものはあったっていいけど、プラトニックじゃなくてすませられるものならそっちのほうがいいな、おいら。かたいっぽがだめならプラトニックだと思うんだけどさ。

　おいらなんか一番だまされやすいんだよ、タレントだから。「ファンです」って近づいてきてさ、ちょっとしたプレゼントを、「いい！」っていうのに置いていっちゃうんだよ。「いや、こんなもん、どってことないんだから」って。それで「実は私こういうもんです」なんて言われると、相当な財産家に見えるんだよね。二、三回ご馳走《ちそう》になったりなんかして、よく考えたらいつの間にか取られたってことあるもん。最後にレストラン行って、

「たけしさん、すいません。電話入っちゃって」って、勘定払わないでいっちゃうんだよ。そいつの勘定おいら払って、「何でだよ！」って。六回ぐらい連続しておいらが払ってることだってあったんだ。

●死ぬことについてのマニュアルがない

〈普通の考え方〉をして、〈普通の生き方〉をするとすれば、結婚というのはひとつの手段だと思う。でも、「結婚する」なんてことの意志をはずすためには、もっとすごい情熱とか力がいるわけでしょう。だから中途半端な努力よりも結婚したほうがいいかもしれないけど、結婚観なんか、なくすぐらいの何かを見つけられるような人だったら、そっちのほうがいいかもしれない。

「どうやって生き甲斐《がい》を見つけるか」とか、「楽しみを見つけなさい」とか言うけどね、そのすぐ裏に死ぬことがあるのに、死ぬことに対しては何のマニュアルもなく、何も語られないというのが一番ダメだなって思う。

鮭なんかさ、川を上っていく姿を見ると、「生きてるな」って感じがするの。でも卵産んでプツンて死ぬじゃない。あの努力っていうのは、「死んでもかまわない」っていうことだと思う。

●女の幸せはどこにある？

〈女の幸せ〉っていうのには、常に男の影が漂っているわけだよ。男の庇護《ひご》下に置かれているわけだから。女の人には下手すると、子供産んで経済的にも困らずに、それなりの趣味があって生きて、死んでいくのが〈女の幸せ〉だっていう理想像があるわけじゃない。でも、それはあくまでも男の傘下に入った形じゃない。

女は飛び出していくべきでしょう、男の傘の下から。

でも、つまんないことに幸せを見つけるから偉いんだよね、おネエちゃんて。家出した猫が帰ってきたぐらいで、田舎の親父が生き返ったような喜びかたするもん。一般的にいえば、「結婚することが幸せ」だとか、「女の生き甲斐だ」とかいう風潮が六〇％くらいあるわけじゃない。それに逆らって、「自分は自分なりの生き方をする」。それにはね、異常なパワーを使わなければならないわけ。そんなパワーを使うんだったら、へなへなって結婚して、男の傘下にいて子供を育てるのが楽だと思うぐらいの、きつさがあるわけだよ、かたっぽの道にはね。

「幸せ」というのは瞬間的なものだからな。その瞬間的な幸せを得るために、永続した苦労があるわけだから。しょうがないんだよ。

いい人を見つけるってあるでしょ、彼氏とかさ。それと同じバランスで、もうひとつ自分の趣味とかを作っていかないと。ただ、対象物が男だったり女だったりするだけの世界っていうのはどうもおいら、気に入らないんだ。

だからスポーツも趣味も、身体こわすまでやらなきゃダメ。

不倫も、家庭を壊すまでやらなきゃダメなんだな。

美人がいなくなった⁉

●普通の美人で十分

今なぜ「きれいな人」っていうのがあまりいなくなったかって⁉

「バランスとれて、一応の美人は多いけど、昔みたいに飛び抜けた人がいない」って言う。昔はその人のことをよく知らないから飛び抜けてるだけで、今の人と大して顔だって変わってないと思う。今はいろんなメディアでその人のことを知っちゃうから、未知の部分が全然ないでしょう。高さ的にも下に引きずり降ろされるから、美人ではなくなっちゃうんだよね。

美人っていうのは、美人であるためには自分をいっさいさらけ出さない。話したりさ、自分の思ってることとか、自分がどういう考えを持っているかを相手に教えない。そうすりゃ、美人で通るけど、言った瞬間にさ、それは下に引きずり降ろされてしまう。

不美人の場合は、顔の不足をだね、心で補うというムダな努力は、やめたほうがいいね。かえって足を引っ張るね。よく週刊誌なんかで、『こんな動作があなたをかわいく見せます』なんて記事をまねて、「やだー♡」なんて言ってさ。なに言ってるんだ、この野郎！

コミュニケーションのとり方としては、美人は美人ってだけでさ、わりかしそばにいてもいいじゃない。不美人は、なんかそばにいる理由がないじゃないか。ま、そうすると会話でもしようかなと。自分をきれいに見せようとする。それがムダなんだよ。あるがままにふるまったほうがいいよ。

別に手の届かない美人なんていらないんだから、何かいやらしいことをしたいわけでしょう、男は。だから普通の美人で十分いいんだ。

●男は外を歩いてて「このおネエちゃんとやりたい！」っていう感情だけ

男っていうのは、何でソープランドとか昔でいえば赤線とか行けるかっていうと、相手の本当の姿を知らないからできるんで、男が一番やりたいことっていうのは、外を歩いていて、「このおネエちゃんとやりたい！」っていう、この感情だけなんだよね。その人と付き合うためにうんと努力して、その人のこと知って、でもその時には、その人はもうそういう対象では全然ないの。

じゃんじゃん言ってることが落ちるけども。男っていうのは、全然知らない奴と肉体関係に入れる。でも女の人は、そういう関係になる前に、いろいろ話したり、自分が納得しないとそういう関係になれないという。そのアンバランスさがね、いろいろなことをおこすんだ。それでなきゃ、男を対象とした商売なんて成り立たないんだからさ。

だから、「きれい」とか、「いいな」って思うのは、その人を知らないことなんだから、いくらきれいなカミさんもらったって、三日一緒にいたら、「しっ！」ってなっちゃうでしょう。ブスも三日で慣れる。でも五日目からはおもしろい。

おいら、言わなきゃいいのに、こういうこと言うから、「まあ憎たらしい！」って言われるんだよね。

女の人が殺されたり死んだ場合は、マスコミなんか美人のほうにいく。容姿ということでマスコミとか取り上げるでしょ。でも男の人が死んだ場合はね、「美男子が死んだ」なんて言わないんだよ。結局は「いい人」なんだよね。どんな悪いことしたって、死んじゃうといい人って言われるでしょ。そこでもすでに、女というのは扱われ方が美人不美人とか容姿で区別されてんだ。

日本は、わりかし同じ人種が一緒になってるわけだから、飛び抜けてっていうのは少ない。海外は違うよね、ものすごいのいるもん。だって、目はブルーで浅黒くて金髪でなんてさ、なんか錦鯉みたいなのがいる。たしかにすごいよ。でも、まずいほうに出ちゃったら大笑いだもん。

美人は美人たる状態に置けば、美人になってしまうという。でも、今は美人をそのまま置いとけばいいのに、みんなで写真撮ったりして、私生活をさらけ出してわざわざ下に引きずり降ろしちゃう。昔映画が全盛の時、映画でしか見られない人っていたよね。でも、そういう人が今は、テレビに出てきたり対談したり、本出したりしてね。

自分の家族にちょっと自分に似た不細工なお母さんがいるわけで、大笑いじゃない。確かに娘さんはきれいだけど、その娘さんの特徴をよーくとった不細工なお母さんが、「えーどうも」なんて言うわけでしょ。そうすると、ガタンと落ちちゃうじゃない。自分で下に降りてきているようなもんだから。だから昔でいう「美人の人」がいなくなったっていうのは当たりまえですよ。

証明写真って、すごい平面的に写って、ほとんど指名手配の写真になっちゃうよね。カラーになって照明少しは変わったけど。白黒の時はね、要するに警察で撮る写真と同じ撮り方だから。

おいらなんか〝フライデー襲撃事件〟の時、横から撮られたしね。胸に番号つけられたりしてね。あれも結構長いんだよね。大変ですよ、「ハイ横向いて」とかさ、ピースして怒られたんだから。ダンカンも一緒に撮られたんだけどさ。変な顔して撮ったらさ、「何も自分でそんな顔する必要ない」って、「普通にしろ」だって。

免許証も同じだもんね。免許証の写真はさ、笑わせますよ。

「テレビで見るよりは痩《や》せてんね」とか。みんなの尺度が今はテレビだもんね。

●舞台顔、テレビ顔、モデル顔にデザイナー顔!?

舞台の役者さんて顔がでかくなきゃ絶対だめだっていうもんね。昔の舞台出身の片岡千恵蔵《かたおかちえぞう》さんなんか、でかいでしょう。すごくでかい顔だもんね。市川右太衛門《いちかわうたえもん》でしょう、長谷川一夫《はせがわかずお》でしょう。みんなでかいよ、顔が。

デザイナーなんかモデルさんの間になんか入っちゃったら、一番かわいそうだよ。ファッションショーのデザイナーが最後に花束もらいに、モデルさんたちにはさまれて出てくるでしょ。本当に「捕まった宇宙人」だもんね。こんなでかい外国人に囲まれて。花束もらってちょこちょこしてんでしょ。こんなちっちゃいんだよね。そいで、そういう人に限っておもしろい顔してんの。

「自分の顔で嫌いなところ」というインタビューに応《こた》えてた娘、おじさん顔の女の人が多いね。ラッシャーがかつらつけたような女の人もいたね。「そうね？」って、いろいろ考えているところがイヤだね。「全部！」って言えばいいのに。

コシノジュンコさんなんか「そうかなー？」って、思うもんね。コシノ三姉妹はおもしろい顔してんなっていうか、やっぱりすごいな、この三姉妹は。で、やっぱりファッション業界行ったんだろうなってので、うすうす理解できるな。

●男をふってばかりいる美人は本当は……？

男をふってばかりいる女は、実はすごく弱いんだよ、逆にいえば。男をふってばかりで生きているということは、ふられる男がじゃんじゃん近づいてくるわけだから。だけど、負けたことないヤツは、圧倒的な力がボン！　と来ると、プロボクサーでノックアウトされたことがないヤツがノックアウトされるのと同じで、急に弱くなってカックン！　ていくんだよ。

そういうふうに、女の子をコロッといかせるのうまいやつ、いるよね。おいらもうまかったら、カミさんと離婚話が出ないよ。おいらは自分に正直に生きてるんだから。正直に生きてるから、カミさん以外の女と付き合いたいって、カミさんに言っちゃうんだから。

「おいら、お前飽きちゃったな」なんて言っちゃうんだよ。するとえれえ怒るんだ、カミさんも正直だからね。

●女の子のパンツの中に何があるか知らないほうが神秘的でいい

会話のある温かい家族なんて、嘘だよね。親子の会話なんて、そんなのないよ。「子供は黙ってろ」っていうような家庭が一番いい。子供に、「今日どうしたんだい？　学校で何かあったのかい？」って聞いて、「うん、今日先生がね」なんて、答える。そんな時は「ばか！」って子供をぶん殴る。

「しゃべんじゃねえ、馬鹿野郎！」みたいなほうが絶対、子供も育つし、家庭も安定してんの。

奥さんと、「会社でこんなことあったんだ」なんて話したり、子供の話聞いたり、みんなでワイワイやってる、これを「あったかい家庭」と勘違いしている日本の文化はホントだめだね。日本人は常に一緒にいるんだから、会話なんか必要ない。しゃべんなくたって分かるんだから。

親子とか、夫婦で隠し事があっちゃいけないなんて、美人と同じで、隠し事があればあるほどその人がすてきなんだってこともある。

これは女の子のパンツの中に何があるんだっていうのと同じ。見たかないんだ。見ちゃったらイヤだなって思っちゃうから。きれいだとか、神秘的な部分は、なるったけ分からないこと、相手のことがよく分からないってことが、すっごい磁石になって引っ張り合うわけ。お互いが分かったら、ちっとも引っ張り合わない。どんなきれいな人でも。

●男は使い込んだほうがもてて、女は使い込んでちゃいけない

だってさ、今は言葉が変わってさ、飲み屋なんか行って、「あいつは女遊びなんかいっさいしないまじめな人だ」なんて言うと、女の子が気持ち悪がる。その反対に「あいつは女好きでさ、よく遊んでるんだ」なんて言うと、わりかし魅力あるって感じするもん。男

については、遊んでる男がけっこうもてる。でも、女の場合は「あの子は男好きで」なんてヤだろ、そういうの。

変な話だけど、男は使い込んだほうがもてて、女は使い込んでちゃいけないっていう、これが間違いないっての。


努力するじゃない、見ため悪いヤツって、わりかしさ。努力しないと、町歩いてて、急に女の子が声かけてきて、どうにかなっちゃったなんて話はないんだから。やっぱりそれなりの努力はみんなしてんの、一生懸命。男同士で会うと、「馬鹿野郎！　そんなこと絶対してない！」っていうけど、裏回ればけっこうみんなやってる。ほんとだぜ。おいらはあんまりやんないけど……。

おいらは女の子と二人で、付き合うの平気だもの。人前で隠す人いるでしょ。例えば芸能人だからまずいとかさ。そういうのないの。

下駄《げた》屋の二階に下宿しているおネエちゃんちに、平気で下駄屋のおばさんに挨拶《あいさつ》して上がっていっちゃうもん。「おばさん言うなよ」って、おばさんにケーキ持っていっちゃうもん。

「すみませんね、二階に行きますから」って。

美人と不美人って間違いなくあるんだから、認めることは認めるけど、だからってどっちと付き合うかってこととは別問題。あまり大きな声じゃ言えないけどね。テレビで私は不細工な人としか付き合いませんって言ったら、今付き合ってるおネエちゃんたちが怒りますからね。でも不細工がいい。わがままできる。

●現代女性の美しさとは何だ!?

美人キャスターとか、最近ではクラシック界とかでも美人がいるじゃない。フルートからピアノから。バイオリンのチャイコフスキーで一八歳で優勝したおネエちゃん、きれいだったぜ。何がすごいって、優勝したのがすごいんだよ、日本で初めてなんだから。それでなおかつ美人っていうんだからさ。

だけど今は、スポーツの世界でも何でも、探しているのは必ずきれいな人。女の人である程度のレベルのことができて、それに〝きれいだ〟ってついたら、それで十分。一位じゃなくてもいいんだよ。ある程度の実力で、コンサートができるくらい楽器があつかえる人で、それで美人であれば、ＣＭなんかバンバン出てくるわけ。

でも、きれいな人とか美男子だって言われた人なんかに、罰の当たり方っていうのが、年とってくると昔と今の落差が出てきて、むごさがわかるんだよね。若い時きれいだった人は年とってからの落差がひどいじゃない。そういうのを見ると、神様ってちゃんと、人間を平等にあつかってるなって思うよ。

きれいな人ってさ、「ずっときれいですね」ってまわりが言い張ってるだけで、やっぱり女の人はある程度の年齢過ぎたら、もうきれいとかきれいじゃないとかの問題じゃないよ。清潔か汚いかだけ。女の人が年とって、いくらまわりできれいだって言ったって、不潔な感じのする人はちっとも良くないよ、やっぱり清潔感だね。

●男はどうして制服着ている女を好きなのか？

例えば男が求める女の人っているじゃない。男って制服着てる人が好きだろ。ナースさんとか、女子学生とか好きなの。どうして制服着ている人かっていうと、制服を着ることによって、個性をなくしてるからなんだ。

男はそういうのがどうしていいかっていうと、女の人がいう「心と心」みたいなもの以前に、性的な欲望というのが先行しているわけ。だからいきなり売春婦を買えちゃうんだよ。お互い話し合って買わないでしょう。男はそういうふうにできちゃってるんだよ。ところがそれを女の人はどっか勘違いして、「愛するということはこういうことなんだ」っていろいろ言い出しちゃったんで、男は困っちゃったんだ。

女の人は必ず言う。愛がなきゃイヤだとかさ。

きれいな子が立ち食いそば屋で働いてたら、中には「この子はこんなとこで働いてて、何かわけありだな」って、「チャンスかな」って思うのはある。

おいらの若い時に、近くのお風呂屋さんで、きれいな女の子が番台に座ってるんだよ。あれはまいった！　パンツ脱げなくなっちゃうよ。格好悪いもん。若いきれいな子なんだ。変なオヤジはさ、堂々と全部脱いじゃって、まいったかなんて見せちゃったりしてるけどさ。おいら、若い時だからさ。ロッカーの裏に回って、隠れてとっとっとって入ってくんだよ。お風呂の中入ってからじっと見ちゃって。頭洗ってる時でも、なんか見られててんじゃないかとか思ってさ、水道の裏のほう へ裏のほうへって回って。格好悪いもんだね。

あとさ、きれいな人でね、おそば屋さんとかにポツンといるでしょ。まわりにあまりきれいじゃない人を少し置かないと、きれいな人って引き立たないもんだよ。やっぱりかわいいとか、きれいな人がいるためにはね、それを引き立たせる同性の人が何人かいなきゃだめだね。

体操だって、肌にぴっちりした服着て体の線全部出してるでしょ。やっぱりそれは、やる人がそういうのが美だと思ってるからそうするんでね。意味もなく、自分の足だけ出してまわしたって、気持ち悪いだけだよ。男の人の美は、これとは違う。女の人のは柔軟性だとかしなやかさだけど、男のほうはたくましさだとか、そういうことだから。一回転してバーベル上げるとかさ。バランスとりながら鉄アレイをこうやるとか。よくわかんないことやるほうが目立つよ、男は。

●一般の奥さんだって家庭の中のいわば売春婦

管理された性的な商売はよくないけど、一般の奥さんだって、ほとんど売春婦に近い。要するに、父ちゃんから給料もらって、何をしてるかっていうと、売春婦と同じようなことしてんだから。それで、カミさんの商品価値がなくなると、亭主は家にも帰りたくなくなるし、お金もあげたくなくなっちゃうんだよ。

きつい言葉だけどね、昔から家庭では娼婦《しょうふ》的な人が一番いいカミさんだっていうのは、旦那《だんな》を性的な意味でも引きつける女のほうが、わりかしいい女をやってるというところからきているんだ。

カミさんが娼婦の格好をしてきたら、その代わりこっちも学生服着て現れろって。

わたしがオバサンになっても

●オバサンはいいぞ！

オバサンとそうでない人の境目みたいなのってさ、着るもんでも、おしゃれな部分と楽な部分とがあって、どっちを選択するかっていうことでしょ。無理して着心地が悪くて辛かったりなんかしても、例えばハイヒールとかさ。サンダルはいてる楽さを選ぶかってことだよね。それで楽さを選んだとたんに、雪崩《なだれ》のごとくオバサンに突入していく。そうなると五本指靴下とかはいても平気になっちゃう。

おじさんとかおばさんとかって言われても、なんのためらいもなく「いいじゃないの！」ってなるとオバサンだよね。とげ抜き地蔵の前で、お茶飲んで人形焼き食べてるぶんには、それはそれでいいと思うけどな。

オバサンと呼ばれるのが、悪口になるのはよくないよね。おもしろいオバサンとか、いいオバサンとか言われている人はいいけど。たいていのオバサンのイメージは、座れない席に平気で座っちゃうとかさ、そういうのでしょ。

そういうことやるとオバサンてのは人気なくなるだけであってさ。だけど、若いヤツだって同じようなのがいるんだよ、いっぱい。今の若いヤツはとんでもないのがいるっていう悪口とおばさんへの悪口は、基本的には同じだよ。どんな世代にも、とんでもないヤツっているんだから。

だから、「オバサンはいいぞ」ってなっちゃう。股開《また》こうがパンツ見せようが、腹一杯食おうが、屁《へ》たれようが何だっていいんだ。おいら、そういうのがいいな、楽で。

おいらは最低のオジサンになろうかと思ってるんだから。「しょうがねえジジイだな」って。そう、迷惑かけ放題かけて死んでやろうかなって思ってるんだから。「これぞオバサン」って感じだったのはうちのおふくろだな。八百屋さんとこに本日たたき売りなんて出てると、「それは売らなくていいじゃないか」って言って持ってきちゃうの。

●オバサンって言葉の、代わりの言葉がどうして出てこないか？

必然的に言葉って出てくるじゃない、どっちにしろ。今ゴルフ場なんか行くとキャディーさんのことコース・レディとかなんとか言う。それってさ、わりかしもっともだなって思えるわけ。

ところが、オバサンって言葉の代わりにほかの言葉がどうして出てこないかっていうと、女の人がわりかし怒っているわりには、必要としてない風潮があるんじゃないの。「しょうがない」って言ってごまかしている。

芸の世界なんてさ、絶対気を遣わないところだから、「伝統」とかいうことで、はっきり差別をすることが文化だと思っているから。我々はいつまでも「色物」って言われるんだ。

世界って意外に変えなきゃいけない部分を変えずに、変えてもたいしたことないことしか変えてこない。日常生活でも、変えることによって、そんなに意味をなさないことであれば、非常に簡単に変えるけれども、「オバサン」って言葉が非常に重いってことだから変えないいんだよね。なかなか。

●亭主が遠洋漁業に出てると思えば、家庭がまとまる

おいらは子供二人いるからね。いまだに考えてるんだけど、二人目の子供はどうしてできたんだか、覚えがないなって。

カミさんはおいらが家に帰らないことに対して何にも心配事がないわけ。おいらが帰るとき電話すると、いいね！　すごいね！　家中の歓迎が。子供は走り回ったしね。そうするとね、一日営業みたいで、仕事しに家に行ってるみたいだ。次の日家を出る時、「は〜、一つ営業が終わった」って言ってたわけ。これで家庭もまとまるね。これが毎日帰ってたら、こんなに温かい家庭にはならないと思うから。毎日だとどっかでゆるむからね、緊張感が。

一般の奥さんはさ、毎日帰って来ることに対して慣れているわけだから。でも料理を作るのもさ、疲れちゃうじゃない、朝から晩までだと。だから、月に一回だけの夜のご飯と朝飯作るんだったら疲れることもないよね。

ウチはカミさんがその形が好きなんじゃないかなって思う。ただ子供はね。ウチはなぜ子供がグレないかっていうと、「あれは怪しい」と思っているわけだよ。無理してないっていうのがあるんだよ。たまに家に帰れば、殴ったり蹴《け》ったりするし。勉強しないってい

えば「この野郎！」って。とにかく分散させるか集中するかってあるんだけど、毎日毎日子供の顔みて、「お前勉強してるか！」って言うよりもね。それはおいらが遠洋漁業に出てると思えばさ。

遠洋漁業に出てる漁師さんが帰って来れば、奥さんは良くしてくれるし、子供は「お父さん、お父さん」ってなつくしね。「また行って来るよ」が一番いいんじゃないか。いろんなところに港をつくってさ。

●オバタリアンも銀行強盗みたいな、すごいことやらないかな

収入の多さで、持ってるものや身につけてるもののパターン出すのってイヤだな。黒い服着たオバサンて、みんな銀座のチイママみたいでイヤだ。黒いオバサンたちって、マニュアル見てやってるだけなんだよ。好みなんてないもの。二日三日徹夜でやっちゃうような本当に好きなこと見つけて、身体こわしちゃうほど、それにのめりこんでほしいなって思うよね。

〝オバタリアン〟ていうのもさ、嫌いじゃないんだけどさ。やることがあの程度じゃつまんないな。

言いすぎかもしれないけどさ、集団で銀行襲うようなことやれば、「さすがオバサンだな」って、「やるな」って思う。

たけしの恋愛講座

●講座1　おいらの初恋の思い出を語る

初恋も何も、かわいい子って一人しかいなかったんだよ、うちのクラスに。そいでその子が病弱な子でね、頭いいんだ。学校に来てないから、親が家庭教師つけて教えたんだろうね、すごいできるの。

子供の時ってすごいできる子ってかわいく見えるんだよね。今考えると、たいした顔じゃなかったって思うんだけど。ほかにきれいなヤツはいっぱいいたけど、そいつらはバカだったから。やっぱりどうしても頭のいい子のほうを好きになっちゃったんだよね。お菓子屋さんの娘で、お菓子食いたくないんだけど、その子に会いたいからわざわざみんなで、チョコレートなんか買いに行ったんだよ。

そこのおっかさんもよく知ってて、娘を外に出さないの。おいらが娘を見に来たってわかってるから、お菓子を売るだけ売って、「早く帰んな」って言われちゃって。ずいぶん損しちゃったぜ。

その子の家、大きないい家になっちゃってね。「それみんなおいらのチョコレート代だ」って言ってんだけど、もう純愛！

純愛過ぎたら汚い愛。そんときは下心なんてないけどさ、もう中学、高校入ったら下心だらけ。それしかない。

●講座2　国際結婚について

日本の女の子でよく分かんないのは、片言の日本語もしゃべれない相手に、見た目がカッコイイからって、くっついて行っちゃうの。相手は英語しかしゃべらなくてさ、自分も英語分かんないのにさ。それで外国の男はやさしいとか言っちゃって、どこがやさしいか分かんないじゃない。

でも結局は、日本の女の人が外国の男の人と付き合うのは、「日本の男の人がだらしないからだ」ってさ。そうでもないよね、別に。必ず理由がさ、「日本の男性のだらしなさ」とか、「だめさ加減がうかがえる」なんてさ、変だぜ。

女は男に、もっと言葉をかけてほしいとか言うけど、言葉の一つ一つに重みってのがあるからさ。「それ、きれいですね」って言えばいいっていうけど、「きれいですね」ってひと言いうことによって、背景までガラッと変わる可能性があるんだ。男ってそういうことばっかし気にするから、だからいつまでたっても言えないんじゃん。

●講座3　夫婦生活の倦怠期《けんたいき》について

夫婦が別室だと、旦那《だんな》がそういう気分になった時に訪ねて行くの、恥ずかしいぜ。島田洋七《ようしち》が二カ月くらい外にいて家に戻った時に、夜中に別室のカミさんのところに行って、女房の手を取ったら、「夜中に脈とってどうするんだ」って言われたって。

照れるでしょう、それは。やっぱり寝る前からちゃんとしとかないとダメでしょう。お茶飲んだり食事している時から、わりかしくっついたりなんかして、「頭どうしたんだ？変えたのか」なんて言ってないと。いきなり夜になってまじめな顔して。夜這《よば》いじゃないんだから。

家帰るとドキドキする。

まず子供に怒られるだろうと思うし。カミさんはいつも温かく迎えてくれるけど。温かく迎えない時は夜が怖いんだよな。必ず夜になると熱があるとか腹下してるとか、咳《せき》したりなんかして。早めに酔っぱらっちゃうとかね。やっぱりさ、勤続疲労（？）みたいなもんでさ、いつも一緒にいるとその分疲れるよ。すれ違いだとわりかし一〇年いても二、三年の感じするもんね。やっぱり倦怠期っていうのはあるよね。

カミさんも外出ていろんな男見ればね、少しはいいんだよね。女房と亭主ってバランスがとれてない。男は外出て違う女いっぱい見てるのに、カミさんのほうは旦那しか見てないんだ。なんだかんだ言っても旦那しか見られないでしょう。もっと外に出ていって見れば、わりかしお互いフィフティフィフティの感じが出るんだけど。どうしても旦那さんとの夜の性生活なんて、「やってあげる」って感じがするんだよ。だからイヤなんだよ、おいらは……。

カミさんとやりたくてしょうがないけど、なかなかやらせてくれない家庭っていうのは一番長続きする。仕事だと思っちゃってて、たまに早く帰って「仕事しなきゃ」って。そういう感覚があるうちはやっぱりダメなんだ。だから一番仲いいのは遠洋漁業の漁船員とかね、南極観測隊員とかね。仲いいよ！　たまに帰ってくるだけだからさ。

亭主が、毎日家に帰って食事するからいけないいんだよ。一番いいのは、カミさんと子供を呼び出して、一緒に飯食うんだ。いいよ！　安い店だっていいんだからさ。夜一緒にヨロヨロ帰ってくるの。電車乗って帰ってきてもいいし。子供とカミさんと飯食ってさ、電車で帰ってくるとね、わりかしいいんだ。

●講座4　同性愛について

おいら、夜そういうことしないんだったら同じような関係のヤツいるけどね。おいらが帰るのをおでんを作って待ってるヤツいるしさ。

島田洋七は、すげえ仲いい友達だから、「お願いだからおでん食わしてくれよ」って言うと、「じゃあオレが作ってやる」って言って料理してくれる。帰っておでん食ってワーッてやるけど、その後の生活はないから、本当に。同性愛が悪いとかいうつもりはないけどさ。

うちの浅草キッドっていうヤツらのでかいほうは、高校の時新宿二丁目に酔っ払って遊びにいったら、親父さんが女装して出てきて、それでグレちゃったんだって。おふくろがいるわけだから、子供を作ることは作ったんだけど、親父はホモなんだ。そいで、グレておいらんとこきて、漫才やったらけっこう売れてね。リサイタルやったら、親父が普通のカッコして見に来たわけ。「なんだ、やっと元に戻ったんだ」って思ったら、八百屋のおっさんと手握ってたんだって。

学校のクラブなんか、みんなそういう感じだろ。先輩後輩のあり方なんて、要するにおいらなんか、先輩を自転車に乗せてよく走ってたけど、そんときはちょっとホモ的な感じはあったね。必ず強い兄貴分みたいな同級生がいて、そいつがガバッて上乗ったこともあるし、それがそのうち別れちゃうんだけども。会社入っても、意外にいい先輩なんかがいてね。「おい」って肩叩《たた》かれて飲み行ったりとかしてると、けっこうそんな気になってることってある。

女子校の場合だと、わりかし男のヤツと恋愛する前に予備訓練みたいに、けっこうボーイッシュな子選ぶじゃない。女の子らしいんじゃなくて、バスケ部のショートカットの人とかさ。男の代わりができそうな感じの人でさ。

だけど普通、ゲスな言い方すると、レズビアンなんか、「いくらレズビアンだって、男の味を覚えたら女になってしまうんだよ」なんていうのがいるんじゃない。

●講座5　結婚しない男たちについて

結婚なんてしないほうがいい。

誰かとエッチをしてって、その誰かも探さなきゃなんないじゃない。それならば、AVのほうが良かったりしてね。

「結婚するならオナニーのほうがいい」って言ったら、結婚イコールセックスそのままの感覚でいるのも変でしょう。

あいかわらず結納なんてあるんだろ。支度金みたいなの持っていくんでしょう。それってていかにも買ってるみたいだよね。その金で「家具をそろえろ」って言うんだろ。まだしきたりとして残ってるけど、そういう面倒くさいことに気がついてきたヤツは、もうやんないよね。

「女がどこにもいかないように、自分の支配下に置こうとする男」がいて、「最後まで男にたかってやろうとする女」がいれば、結婚制度はいつまでも残るよ。両方とも現実的にはいるんだから。

●結論　恋愛はゆきずりだ。ジャンジャン相手を替えよう！

おいら別に恋愛したくてしょうがないってわけじゃないからな。おいらの恋愛なんて要するにゆきずりだからね。ゆきずりなんですよ、やっぱり。仕事みたいなことをやっていくうちに引っかかってきた人たち。引っかかったっていうのは失礼だけど、めぐり合った人たちと気に入れば付き合ってっていうのが一番いいんで、わざわざ追いかける必要はないからね。

おいらみたいにこうやって変わっちゃうものにとってはさ、年代年代で相手だって違うからさ。

第二章　結婚論「犬とか猫とかをもらうのと同じ」

結婚はもらう婚

●結婚は犬とか猫をもらうのと同じ

結婚して何年たちますかって？　数十年はたつかな。だって結婚式やってないし、いつ籍入れたか覚えてない。カミさんが勝手に入れちゃったんだから。おいら、判コ押した覚えないいんだよ。だから「あれはウソです」って訴えようかと思ってさ。だから結婚したっていう意識はちっともないぜ。

うちの親父もおふくろもそうだけど、結婚なんてあらたまったのじゃなくて、ただカミさんをもらうんだから。犬とか猫をもらうのと同じでね。もらうんだから。もらってやるんだから、がたがた吐《ぬ》かすな。

要するに、カミさんをもらうってことは、どうしてもらうかっていうと、タダでお手伝いさんを雇うのと同じだね。家帰って汚なきゃ掃除してくれるとか、いろいろ身の回りの世話をやいてくれるもんでしょ。そのかわり家にお金を入れること。そのぐらいのもんだけど、エライ高くつくよ。高い買い物だよね、あれ。

今、カミさんも犬も猫も図々《ずうずう》しい。猫やなんかだと昔はもらってきて、残りもん食わせてりゃよかったのに、今はなんだかよくわからねえ缶詰の、人間より高いもの食う。

今の若い人なんか見ていて、気持ち悪い。女房と旦那《だんな》がいて、お互いにフィフティフィフティみたいな顔してる。女の人がもうちょっと頭よければ、男のほうが上だと見せておいて、どうせあとで足もとすくっちゃうんだから、そういうやり方のほうがいい。正面切ってやるからいけない。

もらうって、ホラ、野良猫みたいに居座っちゃう人いる。あれが困るんだよね。「しっ！」ていったって、帰ってきちゃうしさ。だから結婚とかも、女は図々しいでしょ、いろんなこと。「金持ちじゃなきゃいけない」だとかさ、何を考えてるんだか、そんなヤツはいないよ。「二〇代で、どっかマンション持ってなきゃイヤだ」とか。それは図々しいっていうんだよ。

一番いいのはね、おいらんちみたいにね、朝おいらが出て行ったのを誰も知らないっていうのが一番いいんだ。うちへ帰ってきたのも知らない、出て行ったのも知らないという、そういう温かい家庭。猫も気がつかないという、見事な家庭がいいんだよね。

なまじ朝ね、「亭主が出かける前に起きて、料理しなきゃ」と思うからいけないんで。そりゃ、一日か二日はもちますよ。でも三日四日になると疲れるって。やんなくていいっていうのに無理して。要するに「私はこんなことまでしてるんだ！」っていうから、イヤなんだ。だいたい女の子と付き合い始めると、たいていそういうことするじゃない。女の子って、「私はこんだけ女らしくって、いい子なんだ」って。

で、一緒になったら一緒になったで、面倒くさいから何もしなくなっちゃうでしょ。亭主が朝「出かけるよ！」って言ったって、ケツ出して、屁《へ》したりなんかしてさ。返事代わりにオナラしたりなんかするでしょ。猫も寄りつかない。それじゃあだめだぜ！

●理想の結婚相手

「愛さえあれば何もいらない」って言っておきながら、「麹町《こうじまち》あたりの３ＬＤＫのマンションに住んでて……」いねえよ！　馬鹿野郎！　どこにそんなヤツいるんだ！　この女の人たちに見合うような二〇代の男で、そんなヤツいない。麹町あたりに３ＬＤＫのマンション持って……なんて男がさ。

失礼なヤツいるね。「魚屋さん、八百屋さん、農家は嫌いです」って、何言ってるんだよ。「愛さえあれば年収が一〇〇〇万円ぐらいでも……」って。女子大生って、全員がこんなこと思ってるのかな？　何人が理想の相手に当たるんだろうね。

こういう娘たちは、働こうっていう気はないんだ。うちのカミさんなんか、結局はお金がないんだけれども、実家はいい家で、結構お金持ちでも、「いっさいもらいたくない」って、働いてましたからね。そういうのとは何か違う。

もともとおいらなんか金ないし。足りない分はどうするかっていうと、カミさんが「自分が働きに出なきゃいけない」って、パート行ったりなんかしてたけど、そのハネっかえりは大変だった。だから今でも「あの時、私はずいぶん稼いでやったでしょ」って。その利子は大変なもんで、高利貸しみたいなもんだぜ。元金なんかとっくに突破してるからね。元金の十倍ぐらい返したって、「何言ってんだ、あの時の青春を返せ！」って、「私の青春はアンタでつぶされた！」とかって、いろんなこと言ってやんの。

女の人が思う、理想的なヤツがいるでしょ。見た目も良くてお金持ちの息子で、それなりに仕事もできて。それをターゲットにしてうまくやっても、そういう人っていうのは、女遊びするんだから絶対に。自分がそいつを好きなぐらいなんだから、他の女の子もねらってるって思わなきゃ。嫁さんもらったら絶対女遊びするからね、やっぱりその幸せ分だけ、女は気苦労するんだよね。

そうかといって、あんまり不細工なのもらう必要もないけどさ。世の中結局はどこかでフィフティフィフティだからね。自分だけのもんになるわけないんだから。そんなうまくいかない。若くてきれいなら、まだ価値はあるけどね。でも一〇年たったら何にも価値ないもの。汚ねえババア連れて外国行ったって、何にも面白くない。何であんなもの連れて行かなきゃなんねえんだよ。「おまえは家にいろ！」ってさ。それで後は、我々遊びに行っちゃうもんね。

●汚いパンツまで洗ってくれるカミさんには申し訳ないと思う

パンツにウンコついてるしね。汚いったってしょうがないじゃん、ついちゃうものは。だからカミさんは偉いなって、どんな汚いものでも洗っちゃう。だからその汚いものまで見られちゃったカミさんに、申し訳ないってのはあるな。「まずいなこりゃ！」って。「あんた偉そうなこと言っててんじゃないよ！」って、確かにそうだよね。カミさんとの間では、「何を気どってんだ！」って。

カミさんのそばに戻る時あるんだよ、やっぱり。おいら、年とって「もう、ダメだ！」って時に後ろ向くとカミさんがいて、「おいら、やっぱりこいつと仲良くするか」って。そこまでおネエちゃんたちは耐えなさいって言いたいね。

今の若い人って、よく考えたらね、型にはまったやつを、ちゃんとそのまま受け取れる性質もってんの。だからデートの時もこういうパターン、ディズニーランドもそう。そして結婚したあとの形もそう。何もかも与えられた方法でね。これよく週刊誌なんかにあるでしょ。何の疑問も浮かばなくて、それを素直に受け入れられて、そのまま生活できる人たちなんだよね。

我々は「そんなことしてどうするんだ」、「なんだ、くだらねえ」とかって言うでしょ。でもね、この人たちって、全部子供の時からマニュアル通り生きてきたわけだから、それに「何も疑問もないもん！」。

おいらの友達で歯がゆいヤツいっぱいいる。生まれが違うんだかなんか。さんざんワーワー飲んで騒いでるでしょ、それで突然「ちょっと女房が待ってるんで、失礼！」って。「なんだ！　それ？」ってシラケさせるヤツいるでしょ。「何それ？　なんなの？」って。

さんざん歌うたって、「じゃあ、失礼しま〜す！」って帰っちゃうヤツ。

今までの盛り上がりはなんなんだって。少しはあと引けって。

そういうヤツってあと引かないの全然、ピタッと。それでもちゃんと盛り上がり方も知ってて、「あ〜酔っ払っちゃった、失礼」って帰っちゃうの。おいらなんか、いつまでも盛り上がってて、さよならを言えないタイプ。三人ぐらいで飲んでて、誰もさよならを言えないから、明け方まで飲んじゃって、「誰かやめようって言わないかな」って、あるでしょ。

そういうんじゃないの、ピタッと止めるから。それもちゃんと、何時までに帰ってっていう家庭でのマニュアルがあるんだよね。


ドライアイスがブワァーの今風の結婚式だけどさ、ブライダル・キャンドル、これ燃えるゴミだか、燃えないゴミだかわからないというのはすごいな。こんなもんがあるんだね。おいら、結婚式してないんだもん、知らない。ロウソクなんて停電の時しか使わない。

ドライアイスがブワーッときて、新郎新婦がウーッて上がってきて、仙人じゃないんだからさ。どうしようってくらい驚くやつあるよな。うちの井手《いで》らっきょが結婚した時ね、チョンマゲ結《ゆ》って出てきて怒られてんの。「人生楽ありゃ苦もあるさ♪」って、音楽流して井手が歩いてきたら、新婦のお母さんが下向いて泣いてんの。

そりゃそうだよね、披露宴では一応はみんな褒めるけどね。「花嫁が見違えるようにきれいで」って。きれいなはずないよ、気持ち悪いだけだ。

研《けん》ナオコの結婚式、みんなでゲラゲラ笑ったもん、「なんだよ。隠し芸大会か」と思ったもん。

「三つの袋」とか「努力」とか、あとね、ヤマアラシじゃない「針ねずみ」ってのもあるよ。男と女は針ねずみのように針が出てるんで、距離が必要だと。あまり近づくと相手を傷つけるから、ある程度距離をいつももってなんて。

「ヤマアラシ」のあとね、お互いにみんなそれにかこつけて同じようなことばっかり言ってね。最初に言った人が怒ってんの、最後に。「雨降って痔《じ》が痛い」って言った人いたな。

「年上の女房は地下足袋《じかたび》はいても探せ」って、何だかわかんねえこと言ってる大馬鹿野郎がいましたけどね。

おいらなんか呼ばれるとさ、必ず「挨拶《あいさつ》してくれ」って言われるでしょ。挨拶して、お金取られて、まずいもの食って、ホントばかばかしいぜ。

結婚式のそういうパターンがイヤだっていうとさ、外国でも日本でもすげえとんでもないことやる。ダイビング結婚式だとかさ、新郎新婦が飛行機から飛び降りて、後ろから牧師が飛び降りてきて、「あなたは愛を誓いますか」、「イエス」なんて、指輪も空中で入れるんだよ。そういうふうに結婚式を挙げたとかさ、よくあるよね。

●贈り物は食べ物にしないでください

差し入れで、たまに誰がくれたか分からないのってスタジオに届くでしょ。「食べてください！」って、怖いよ。おいらなんか悪口ばかり言ってるから。この間なんか上野のくず餅《もち》食って死んだオヤジだっているんだから、好物だっていって。だから食べ物のプレゼントはまずは、みんな軍団のヤツに食わしちゃう。


部屋でも、居心地のいい汚さってあるじゃない。

きれいなところで居心地が悪いよりさ、汚いところでも居心地のいいほうがいいよね。

なんかこう灰皿でも何でもすぐ手の届くところにあって、ごちゃごちゃなんだけど、なんかそこに座ると落ちつくってあるでしょ。それじゃないとダメなんだよね。

　女房も居心地のいいだらしなさが、ある程度あったほうがいいかもしれないね。キッチリされちゃうとさ、何か疲れるね。

　イヤイヤ、おいらはもうあまり結婚のことは言わないけどね、お勧めはしませんよ。実情を知らないから甘いこと言ってられんだよ。おいらぐらい正直なのはいないよ。幸せだよ。おいらは自由、カミさんが勝手やらせてくれるから。だから、カミさんは大変だろうなって、つくづく思うよ。

「これは大変だろうな、悪いな」って思う。でも「悪いな」と思っても、すぐつけあがるでしょ、おいらなんか。「悪いと思ってんだからイイじゃないか！」ってのがあるじゃない。「おいらは謝ってるんだからいいだろ」っていうのは、謝ってないんだよね、ほんとは。

「感謝してんだから、遊ばせろ！」ってさ。

おいしい離婚

●おいらのカミさんが離婚しないわけ

最近やたら「離婚、離婚」、どっちを向いてもね。平気で女の人がこれを口に出せるようになったのも、流行《はやり》かね。離婚してもそんなに世間体がどうこうって時代じゃないんだね、本音が露出してしまったっていうかさ。

今までは子供とか両親とか世間とか、いろいろあって、離婚したくてもできなくて、耐える女の人が多かった。だけど、「そんなことに耐える必要がない」という世の中だから、女の人が言いたい放題。中には「ふざけんなっ!」っていうのもある。

おいらは「カミさんがなんで離婚をしないのかな?」って思うことあるんだよ。「こりゃ、カミさん怒って離婚するだろうな?」って。

考えてみると、何で離婚しないのかなっていうと、おいらといることにまだメリットがあるんだ。給料稼ぐ。それをカミさんに全部渡してる。

だから、家帰ると見たこともないような服着てる時ある。おいらはカミさんから小遣いもらうだけだから。実際は自分の稼いだお金って「どこでどうなってるのかな？」って思うと、新聞で知らされることが多いんだからさ。「こんなに稼いだのか。畜生っ！」って思うよね、全部あいつが取っていくから。カミさんにしたら、おいらが収入がなくなってボロボロになったら、捨てちゃおうと思ってるんじゃないか。

だって、まだおいらといたほうがメリットあるもん。ビートたけしさんの奥さんだっていうとさ、あの口うるさいやつの奥さんだから、あいつも口うるさいんだろうなって思われて、どこのご飯屋さんへ行っても丁寧にしてもらえるとかさ。亭主が亭主だから女房もすごいと思われてるよね。だから「メリットあるじゃん、あいつ」。

女の人が離婚するっていうのは、「ウチの亭主、あんまりメリットもなくなってきたし、しょうがないな」って思った時だよね。おいらだってけっこう考えることあるもんな。

●別れることにまとわりつく様々なこと

別れるっていうのは同じなんだけど、こと離婚ってなると、もうちょっと形式的な意味がある。社会に対してさ、夫婦であるっていう。やっぱり届け出さなきゃいけないっていうことはさ。お互いの問題だけなら別れるとかそういうのでいいんだけど、もう一つの社会とかがさ、いちいち管理するじゃない。

だけど女房子供おいて逃げちゃったオヤジなんか、鬼みたいに言われるじゃない。でも、逆に言えば女の人が言い出せばいいんだろ。だから男にとって一番楽なのは、カミさんが浮気しちゃうとかさ、イヤな女になっちゃうとかさ。カミさんは浮気するわ、何するわで、それで金まで持ってかれたら踏んだり蹴《け》ったりじゃない。

「自殺する思いで浮気する妻」がいるって？　うそだろう！　そりゃ天にも昇る気持ちで……浮気するんだよ。

女って自殺する時に「復讐《ふくしゅう》してやる」とか、「あんたを恨んで死んでやる！」って言って自殺するよね。おれなんかどうぞって言っちゃう。

女はキタナイ！　自殺というのはホント、キタナイね！　何で自殺の前に電話してくるんだよ！　生きたいんだろ！　生きればいいのにさ、「もう私ダメ。死にたいの」って、「ガスの栓ひねっちゃった！」って報告することないじゃんか。

●おいらが離婚できないわけ

でもまあ、離婚しないでグズグズしてるのもまたいいもんだよ。もうね、神経戦をやってるっていうかね。離婚したいのは間違いないけど、いろんなことを悩みながらね、ひたすら耐えながら人生を過ごすのもまた得意だし。

結局、新しい人が見つかってっていうのはさ、カミさんと新しい人の比較になるからさ。新しい女いないのに別れて、それから探すのって、あんまりないいんじゃない。だって離婚の原因って、たいていは自分のカミさんと新しい女との比較で、「新しい女のほうがいいな」っていって別れるのが多いもん。性格的にカミさんがずっとダメだって、それだけの理由で別れるのってあんまりないでしょう。

考えてみればおいらなんか、結婚してすべて失っているんだから。結婚していながらね、おいらには何もないからさ。財産から何から何までだよ。離婚する時に亭主からカミさんに渡すっていうけど、そんなことは当たり前だと思ってる。名義だって変更してるよ、ちゃんと。全部名義も女房子供のもの。いろんな台帳っていうの、不動産とか、あれ見たらおいらの名前なんか一個もないよ。だから、おいらが離婚を申し立てたいぐらいだよ。その代わりおいらは「グレてやる！」って。

昔だと「あれは、旦那《だんな》がいなくなってどうやって暮らすんだろう?」とか、「奥さんどこで働くんだろう?」ってことで、また「面倒見てくれる男の人でも探すんだろうか?」とかさ。

昔は女性が「離婚する」っていうと、まず経済的なことが第一発目に来たじゃない。でも今はこれだけ就職情報があふれてて、就職はまあまあいけるだろうっていう感じだけでも、かなり離婚に対する悲惨さがなくなってきてんじゃないかな。

芸人さんは、売れてない旦那がいて、女房が働いたりしてバックアップしていくわけだよね。この芸人さんが売れちゃう時あるよね、有名になっちゃう。すると女房がついてこられないんじゃなくて、この人が有名になったのはすべてあたしのバックアップがあったからということで、女房が有名になった位置にガンガン入ってくるんだよね。それで旦那のほうがやんなっちゃうってあるね。

旦那のほうがイヤになっちゃう。それは二人だけの話なんだけど、対外的にも態度に出る時がある。「うちの亭主はね……」って始まっちゃう。亭主の出世と一緒に、その奥さんも出世しちゃうわけ。その出世は二人並んでればいいんだけど、常に男のほうに、自分の存在というのを出してくる。「今があるのはあたしのオカゲだ」って、だいたいそういうのは三船《みふね》さんのとこのようにね、口に出しちゃいけないわけ。ただ、それはお互いに悪いとは思うんだけどね。

おかみさんはおかみさんで下がってりゃいいところもあるし、旦那は旦那で認めてあげればいいんだけど、それが両方ともないからこうなっちゃうんだけどね。

●性格が合わなくても子供はできる

「妻からの離婚申し立て理由」っていうの、うちの親父なんか全部入ってるけどな。性格が合わないんじゃなくて、「性」が合わない。うちのおふくろと親父は性は合ってる。だって五〇過ぎておいらができたんだからな。

家庭内レイプ？　五〇歳で四〇歳のおばさんレイプしないよ。自分のカミさんだよ。うちのおふくろなんか、「父ちゃんと一緒になって、わたしゃもう嫌いで嫌いで、一緒になった次の日から一緒に寝たことないんだ」って言って、五人も子供産んでんだよ。これ、レイプってことはないでしょ。

家庭内レイプっていったってさ、イヤなら逃げちゃえばいいじゃない。「子供部屋に閉じ込めちゃったりする」って？　ウチはそんなに部屋がないもの。レイプもくそもない。四畳半に五人寝てるんだから、どうやってレイプするんだよ！　子供がおふくろ押さえつけなきゃなんない……。そんなことはない！

離婚したら、おいら、冗談じゃなく、いつも豪華なホテルで一人で食事だよ。

ただね、近所にね、離婚した独身のおじさんがいるんだけど、みすぼらしいんだよ、やっぱり。情けないアパートに住んでて、ジャージの上下着て、下駄《げた》はいてスーパーで買い物してるの見るとね、「これは弱ってるな」って思うね。

男は言い渡されるとショックだけど、頭のいいヤツは言い渡されるように粉を撒《ま》いている場合があるわけだ。「早くこい！　早くこい！」って。

おいらの友達で、朝起きると布団の中にウンチをしていたヤツがいて、朝起きて「どうしたんだろう？　わからない！」って言ってたら、初めの一週間は「大丈夫、あなた!?」なんて言って病院に連れて行ってくれたりなんかしてたけど、一週間毎日ウンチしてたら、カミさんいなくなっちゃったんだ、急に。それで「やった！　やった！」って思ってたら、社会的地位もなくなっちゃった。「うまくいったぞ！」って言ってたら会社も首になっちやったんだ。そいつ恋人いないよ、ただ別れたかったの。

カミさんはさ、だいたい母親は子供をこうカコッてやってて、その中で親父に対処するでしょ。子供っていうのはカミさんの気持ちの代弁者になっちゃうんだよ。結局おふくろがおいらたち集めてするのは親父の悪口だから、「お父さんがいなけりゃもっとおいしい食事ができるのにね」なんて。そしたらいつの間にか子供は「この親父は敵だ」と思っちゃうの。

絶対そうなんだよ。そうすると親父が家帰っても、母子でこっちニラミつけてるわけだから、じゃんじゃんじゃんじゃん調子悪くなってきちゃうんだよ。

●男にメンスがあれば

一番いいのはね、もうちょっと医学が発達して男が妊娠できればいいんだけどね。そうしたらおもしれえじゃない。おなかこんなでかくなったヤクザのオヤジとかがいてさ、

「寄るんじゃねえ、この野郎！　てめえ臨月が迫ってるんだぞ！」

巨人阪神戦観に行くと、レギュラー選手がベンチでたばこ吸ってる。

「今日、あいつメンスで休みなのよ」

「そうか、サード今日は休みだってよ」

やっぱり自分の仕事やいろんな行きづまりでも、その結果が自分だけの被害じゃなくて、家族とかがあるからこたえるんだよ。男なんかこたえるもの。自分一人だけだったら「こんな仕事楽だな」って思うけど、もしコレこけた時にまわりにいっぱい被害が広がるって思うから。

頑張りは家族のためですよ、だけど逆に被害が自分に及んだ時に自分一人だけじゃないとこがある。行く時は自分一人なんだけどさ。逆のとこはね。

その前に「男女っていうのはお金じゃない、愛だ！」って言ってるわけだよ。でも現実の強さに必ずグシュ！　ってされてしまうわけ。「お互い絆《きずな》があって、お互い愛し合っているならどっちの収入が多い少ないって、関係ないじゃないか」っていつも確認してるわけだ、本当に。だけど、現実にそういう問題が起きた時に人間て弱いから、一発でグシュってなっちゃうわけ。そりゃ態度に出るのもしょうがないよね。

男はね、立ててもらいたいんじゃなくてね、藁《わら》にもすがる思いで男の立つ瀬が一つでもあればいいんだよ。立つとこが一つでもあれば。○・○一でもいいの、なんでもいいの、顔がでかいでもいいの。

おならが臭いのはだめだけど、ウンチが太いのはいい！

●離婚を決定するささいなこと

寝顔と寝屁ね。寝屁はたまんないね、あれはオナラじゃない。さすがに参るね、「あ～、だめだ！」って思う。女の人は着飾ったりするもんだからさ。寝屁はまずいよ、グワーといびきが終わったなっと思ったらプッと来た時、おいらおかしくって。

ただ下手するとさ、センスとセンスのぶつかり合いってあるじゃない。ファッションでもインテリアでも、だからお互いにセンスのある人同士だと、ぶつかり合うんだよ、わりかし。

おいらみたいにさ、初めっからセンスとかなんか無視しているヤツには、ぶつかりようがないんだ。でも、そんなの初めから頭にないのに、「どう、この食器!?　新しく買ってきたの」って言われて、「う～ん。見事な唐津焼だ」なんて答えてさ、全然違うのに！

明るい家族計画

●なんせ殴り込みの実績があるからウチは子供の教育には厳しい!

二〇歳過ぎてさ、悪いことしたからって親が文句言われちゃかなわないよな。中学、高校生が悪いことしたら「親の教育どうなんだ」って言えるけど、大人なんだからさ。どうしてこう親が謝らなきゃいけないんだろうね。

ウチの子供が罪を犯すようなことといってるじゃないの。でも、ウチは裏では教育厳しいよ。カミさんもおっかないし、おいらなんかもっとおっかないんだから。ついでに、おいらには実績があるんだよ。殴り込んだことあるんだからね。だからウチの子供には、「もし悪いことしたら軍団連れて、お前半殺しの目に遭わせるぞ」って言ってあったから、もう恐がって何もしないよ。

おいらんち正月は何にもないよ。子供は夏休みと春休みいろんなとこ連れて行ってるから。正月はずっと仕事だからって言ってある。

あれでしょ？　正月は実家帰って、自分の兄弟とか親と全員に会うでしょう？　おいらんちはそういうことないもん。

ウチで家族がみんな集まったのは、おふくろが入院した時だけ。みんなが会うっていう時は遺産の問題とかでね。そりゃ、目つり上げて会ってるんだから、もう兄弟でも何でもないっていう。おふくろが生きてるのに、枕元《まくらもと》で葬式の話してんの。

兄弟っていったってさ、男の兄弟でしょ、ほとんど。するとカミさんと子供みんな連れてくるわけ。うるさくてうるさくて、人んちのガキもいるしね。それで兄貴とおいらと、一番上の兄貴が、「おふくろが死んだらこの土地は誰のものになるんだ」とかさ、言ってるわけだよ。「おまえは、お金稼いでるからいらない」とか、そういうこと言うんだよ、おいらに。「おまえは親不孝ばっかりしてんだから、おまえに権利はない」って、一番上の兄貴が仕切っちゃってさ。「あの墓はオレが建てた」とかさ、「台所はおいらが直した」とか、せこいんだ兄弟で。

●芸能人の子供はツライ

子供でも芸能人の子供って、それでグレちゃうヤツとさ、遊び歩いてるヤツと、仕事やってるヤツといるじゃない。おいらんとこに来た、なべやかんなんて偉いもの。大学の受験で問題起こしちゃったって、今は仕事で走り回ってるもん。あれは一歩間違えば覚醒剤《かくせいざい》なんかやっちゃって、捕まってるんだから。

「どうしておまえはしなかったんだ？」ってきいたら、「金がなかった」だって。

一般の人たちの子供の中からそういうことをやる人の数と、芸能界の中からそういうことやるヤツの数と、比率でいえば、だいたい同じなんだからさ。ただ、とりたてて言えば我々のほうが目立つからね、「誰々の息子が」ってすぐ言われるから。下駄屋の息子とかだって、やってるわけでしょ。でも下駄屋の息子っていったって誰だか分かんないからニュースに取り上げないだけで、どうしても我々の子供みたいなのが目立つからね。悪いことは悪いことなんだけど、比率としては同じ。

ＰＴＡなんかで、作家の先生だったら講演だからいいけど、おいらは子供の前で漫才やらなきゃいけないんだから、恥ずかしいよ。昔やりましたよ、ＰＴＡの親集めて。パンツいっちょで走り回ってたら、子供が泣いてんの。

おいらんちはね、いつも親父とおふくろがね、「お前は小さいんだから、早く寝ろ。早く寝ろ」って言うんだよね、冬。よく考えたらおいら湯たんぽ代わりなんだよな。おいらは二時間ぐらい先に寝かされて、すると後から「う〜あったかい！」って親父たちが入ってくるんだよ。

昔はテレビのドラマなんかで、必ず「あんたも早く嫁に行けば」、「何いってんのお母さん」っていうのがあって、ほのぼのしてたんだけどな。今じゃセクハラって名前がついて、ひどい目にあっちゃうね。昔だと親父が「早くお前も子供を産んで」って、「いや〜だ、お父さんったら」って喜んでるじゃん。でも今は「お前も早く子供産んで」って言ったら、「セクハラだそれは！」って、これじゃ、ドラマになんないよ。カミさんが旦那に言うのはセクハラなのかな？

サザエさんのマスオさんは、ある程度仕事のできる立場だったら、たまんないと思うけど……。おいらなんか、ウチのカミさんとこの親に世話んなってた時にさ、月に五〇〇円も稼がないでしょ。単なる危ないオヤジだったじゃない。ほとんどヒモ同然の状態でしょ。親子で目線がきついんだから。女房のおふくろなんて「また来たの!?」って、鬼のようだったもん。

●二世代住居、玄関開けたらすぐババアの部屋が親孝行

入口も別々、トイレも別々っていうことは、違う家だということだよ。親が勝手に家賃払ってても同じじゃない。

本当のことというと姑《しゅうとめ》はね、子供が考えて一番邪魔なところに置かなきゃいけないんだよね。玄関開けたらすぐババアの部屋とかさ。そうしないと絶対ひがむから。二階の奥の部屋だと、「何で私が奥にしまわれちゃうんだ」ってひがむ。家で一番邪魔なところあるじゃない、みんなが出入りして、邪魔なところに姑は置いとかなきゃいけないの。ケンタッキーのおやじみたいにね。そうすると喜ぶわけ。

とにかく友達が遊びに来ても、おふくろがさ、そこを通ってどこかに行けるようにしなきゃいけない。「ちょっとすみませんよ」ってやらせるんだよ。

一番いいのはマンションで、二階と三階とか、それぐらいの距離がいいよね。同じ建物の中にはあるけれど、味噌汁《みそしる》がさめないっていうやつ。

「嫁と姑が友達のようなのがいい」っていうけど、要するに友達というのはね、お互い各

自の私生活があって、外で会うから友達になるわけでね。私生活の裏付けとして変わった人とかいろんな人がいるわけでしょう。自分の生活をしょって、違うところで会うべきだよね。

たとえ、どんなちっちゃなことでも、私生活を共有しちゃうと友達ではないんだよね。もう、これ話し合いにはならないのね。裏の生活を持っててかち合うわけだから、嫁と姑があそこで裏の生活を一緒にやってしまうとさ、グズグズだね。友達とかそういう問題じゃなくて、もめるべくしてそこにいるわけだ。

よその家のおばあさんがさ、「洗剤使って自分で洗うんだよ」って言うとさ、「このバアさん変わってていいな」って思えて、会いやすいんだ。でも、その生活を自分の目の前でやられたらさ、ダメだよそら。

おいらにすれば、ウチだって出稼ぎみたいなもんだ。子供はもちろんかわいいけど、男は図々しいから、子供を左の手に持っててもね、おネエちゃんも持ちたいって思っちゃうんだ。黙って帰ると、お父さんのありがたさがよく分かるみたい、しみじみと。驚いちゃうよ、待遇がよくって。ああいう刺激もたまにはいいって。

いつも家にいる親父よりも、いつもいなくてたまに帰ってくる親父のほうが、子供心にもいい刺激になるからね。それでも、あまり長くいちゃいけない。だから、だいたい二泊三日だね。二泊三日で出ていかないと、四日目からはご飯がまずくなるね。

一度長くいた時に、息子がおいらのこと「タケ坊！」って呼んだ時は、殴ってやろうかと思ったけどね。

●今の子供たちが大人になった時

そりゃもう、すごいファミリーな家庭を作るでしょう。それで日本経済が破綻《はたん》するわけ。それの繰り返しだね、世の中は。

それでなきゃ反対に、一人で何カ所も家庭を持つんでしょうね。男の人と暮らしてて、その男には女房と子供がいて、あっちには別の女の人がいてという、それをぐるぐる回るという。そして相手も回る。


成人の日に、おいらもいろんなところから講演頼まれたこともあったね。おいらは、ケチだからね、五〇円もくれないところには行かない。

成人式はよく考えたら、法律変えて、一六歳くらいから成人させなきゃだめだろうね、もう。義務教育ってのは中学まででしょ。中学修了と同時に一般市民としての最低限の教養は、受けているってことになってんだから。

一般教養終わった時点で、身体はとっくに大人の身体しているわけでしょ。とっくに大人なのに、何で二〇歳まで間を持たせるのかって思うね。その四年間の内に、けっこう悪いことするんだよね。それは法的に規制がないからって、やることもあるんだから、早めに規制したほうがいいね。

今はもう日本も世界もそうだけど、身体ができ上がって、生きてるサイクルが違うんだから、どうして成人を二〇歳に決めたのかわからない。

選挙権は三〇歳から。死刑は一六歳から、なんてどう？

お家の事情

●「こいつブスでバカなんです」

ハワイなんか行くと、すごいおじいさんと、こんな太ったおばあさんが、海岸で手をつないで「愛してるよ」なんて言ってるんだけど、「勝手にしろ」って思うね。外国の人はわりかし第三者がいると、なるたけそういうふうに見せたがる。家にお客さんなんか来ると、食事中でも〝レディーファースト〟とかちゃんとやってるわけ。「すごい、いい夫婦だな」って思わせる。いい夫婦っていうのがまた、その人たちの地位なんだね。

「あの人達、本当に仲いいね」

って言うと、もう一人が、

「あの夫婦、家帰ると旦那はソファで寝てるんだぜ」

って。そういうのはよくあるんだけど。

日本人はね、とくにおいらの東京の下町なんて逆で、お客が夫婦で来ると、「見て！　こいつブスでバカなんです」ってふうにやっちゃうんだ。カミさんがイヤリングなんかつけてて、相手にほめられたりなんかすると、「全然気がきかなくて、こんなのつけやがって」って。実際は、本当は嬉《うれ》しくて、客が帰りゃ「おいらが買ってやったんだ！　バカヤロー」っていって、「お茶入れろ！」とどなるんだ。

カミさんから電話かかってくる。だいたい立ち回るとこ分かってるじゃない。全部に電話されちゃうからさ。車の電話なんかいつも切っちゃうけどね、やばいから。でもあんまりさ、夫婦で会話でどうのこうのって、何て言うのかな、お互いの意思確認みたいでさ。それ以前に「気がつかないかな」って思うけどね。何気なくいてもさ、雰囲気があるじゃない。分かるっていうかさ。

その前に、「籍を入れる」っていうのが言葉代わりだったんだ、一時ね。昔はさ、そういう状態でも、「籍入れた」ってことでさ、「愛してる」っていう代わりをやっちゃったんだよ。今は籍入れる入れないは関係なく、お互いの意志が存在していていいんじゃないか。

●お父さんとお母さん、どっちが大変か

共働きは家で飯を食わなきゃいいんだよね。どっかで待ち合わせて食いにいきゃいいんだよ。どうしても腹が減ったらラーメン置いとけばいい。

ウチの場合は、亭主は船で、女房は港なんだけど、港が動くんだわさ。船が動いてると思うからいけないんで、港が動けば船は追っかけるんだから。カミさんは生き生きしちゃってるもの。前に子供がおいらのとこ電話してきて、「ママのフラメンコやめさせてくれないか」とか、「また踊り行っちゃった」って。だからオレが、「お前な、子供の飯ぐらい作って行け」って言ったら、「そんなの面倒くさい」って。やっぱり子供のことに関しては、塾だなんだやっちゃうんだよな。

それだけ自分の趣味みっけて、好きなこといろいろやってて、いい仲間もいるわけ。でも、そこで母親同士が集まった時に子供の話っていうと、全員が塾なんだよ。おいらが帰って、「塾行くんじゃない、金がもったいないから」って、「勉強なんかしなくたっていい、お前なんかサッカーだけやってればいい」って言ってると、子供が自分から塾行っちゃうんだよな。母親は子供を他人だと思うことはないんだって。あれだね、冗談だけど、昔みたいに子供が売れたらいいんじゃないか。

●新しい愛の形

新しい愛の形って言われると、大笑いしちゃう。愛の形ってことはないけどさ。自分のカミさんにセーラー服着させて、自分は学生服着て訪ねて行くオヤジがいたよ。旦那が学生服着て、訪ねて行くんだよ。マンションに、ピンポーンて。「いますかお嬢さん」、「は〜い」って。それで「あなた、やめて！」とか、「あなたじゃない！　君といいなさい」、なんてやってんの。

やっぱりこういうのを見ると、夫婦のつながりはセックスっていうのが、半ばを占めてるんじゃないの。性的不一致は、どうにもならない。だからしょうがないからさ、性的倦《けん》怠《たい》、それをもとに戻そうっていうんじゃないの。

家帰ってカミさんに内緒でエロビデオ見てるヤツいるんだよ。鍵《かぎ》閉めちゃって、おいらには何だかわからないよ。

やっぱり一緒に住むのはよくないんだ。緊張感がなくてね。これからは夜《よ》這《ば》いの時代だね。

経済的にじゃなく、お互いが今までの独身生活のままでだね、行ったり来たりするんだよ。お子さんができたら、子供も行ったり来たりすればいいじゃない。亭主は刑務所っていうのも、これもなかなか捨てたもんじゃないぜ。

うちのカミさんは取りあえず「あきらめてる」っていう。

「あれはもう旦那ってことになってるけど、金だけ入れていればいいや」って。お金も送ってるし、要するに小遣いあげてればいいわけだから、おいらなんかはさ。おいらはもう勝手にやってるもん。けんかするほどそばにいないもん。

結婚しない女

●女の人のパンツ洗ってあげようとは思わないけど、しゃぶってはあげる

おいら、自分のパンツ洗わないよ。汚いじゃない。パンツ洗うくらいなら洗わないではいてる。おいらがはいてるんだからいいじゃない。男にはさ、「結婚とか籍とかはいらない。だけど、パンツくらい洗ってくれ！」っていうヤツがいるの。男と女の問題は「好きと嫌い」っていう単純な話にいったほうがいいの。

おいら、女の人のパンツを洗ってあげようとは思わないけど、しゃぶってあげようとは思うぜ。女は男のパンツを洗う。男は女のパンツをしゃぶる……、洗うよりきれいだよな。

主婦の労働がいくらになるかを計算して出した瞬間にね、人間の社会生活が全部だめになってしまうんだよ。男の人は計算してもらってるわけだ。それだってずいぶんごまかさ

れてるんだからさ。あらゆることは搾取なんだからね。搾取に耐えなければ、社会生活やっていけないでしょ。

社会生活全部がごまかしなんだから。それで女の人が「自分の仕事は金銭的にこうなる」って言い出したら、全部パンクだよ。

●大多数の人が「結婚したいな」って思ってるだろ

結婚しない人たちが、ずいぶん増えてきたっていうけど、どのくらいいるかあやしいね。結婚年齢が高くなったのは、日本の女たちが図々しくね、年齢を上げたんだ。自分たちが結婚しないでいても恥ずかしくないように、年齢を上げた。昔は二五歳ぐらいで未婚だと、結構恥ずかしいものがあった。社会的な風潮でね。そうした風潮が気に入らないんなら、また女の反発で三五歳とか四〇歳くらいにまで上げなよ、今度は。いいんだか悪いんだか、それはわからない。

だけど確かに女の人の反発でさ、ある時男が感じた年齢とか、結婚とかの女の人の理想の形をさ、女の人が変えてきたことは間違いない。変えてきたことは間違いないんだけど、おいらがいうのは、そうしたことで自分の首絞めてることが多いなって思う。だから女が結婚できなくなってる。

それがすごい問題でね、「結婚しなくて当たり前」って風潮になれば、こういうテーマなんて絶対出てこないはずなんだよ。

男の人の大多数は困ってるよ。だけど女の人の大多数も困ってる、これは。女の人がみんな結婚したくなくて「万歳！」とは言ってないんだから。大多数の人は「結婚したいな」って思ってるでしょ。

そ、だからいい女もいないの。

これは大笑いでね。いい男っていうのは限られててね、そいつが全部やっちゃうんだから。一生のうちでそういうことする女の数が、二人だけってヤツもいるし、何千人も相手にしちゃうヤツもいるんだからさ。

でも、数こなした女ってやだな、おいら。

●結婚なんかいらないから、好きな男のパンツくらい洗ってくれ

おいらはね、結婚なんて制度はいらないんだ。全部いらないから、「好きな男のパンツくらい洗ってくれ」って言ってるんだ。

何で男がパンツ洗わなきゃいけないの。女の人は、自分のものじゃないものを洗ったりなんかするから、お金もらうんでしょ。生活費もらってるでしょ。生活費が足らないのはおやじの甲斐性《かいしょう》がないから、働かないからだよな。

パンツ洗ってくれればさ、そのおネエちゃんのために、イヤでも殺し合いだってするじゃない、男ってヤツはさ。

そういうパッパッて切るような男女関係ってイヤだな。男と女はグジュグジュだって思ってるから、もっとグジュグジュじゃなきゃだめだね。

結婚していよいよ家庭を作る時に、「あなたはこうして、私はこうする」っていちいちその都度決めなきゃならない二人だったら、結婚なんかやめたほうがいいと思うけどな。イヤならやめればいいじゃない。好きな人だからそうはいかないっていうの、それが愛じゃないかな。

●一三〇歳のほうが人生経験豊富で性的に相当いい

老けこむのはさ、結婚しなくったって老けこむよ、そりゃ。「年とれば価値がなくなる」って言っちゃいけないっていったら、自然界に反する。刺身だって古いほうが安いんだから。一三〇歳の女より、二〇歳の女のほうと付き合いたいなって思う。そりゃ、一三〇歳のほうが人生経験豊富で、それはそれでいいなって思うけどさ。

女の人は動き方がどうも下手でね、ぶつかろうとするんだよね。どうしてそれをうまくごまかせないんだろうか。どうして負けたフリができないんだろうって思うな。男のヤツは勝ったフリをしてるんだよ、女の人に勝ったフリをしてるの。そのほうがバランスがとれるからね。どうして女の人って、そういうこと分かろうとしないんだろうね。勝った、負けたってムキになってばかりでさ。

長い歴史の中でここまで来て、そういうことまだ変わんないって、いかに女がダメかってことじゃないか。

●どうして子育てを女の特権だと言わない

今の女、子供嫌いなんだもん。セックスが好きなだけなんだから。セックスの結果として子供ができることなんか考えてない、子供が嫌いだから。そうすると避妊とかがジャンジャン発達して、セックスだけが取り上げられる。

家庭というものは、子供を産むとか、そういう面倒くさいことだけが出てくるからイヤなんだろ。

どうして子育てを女の特権だと思わないのかな。

二人の仕事!? おいらはガキなんか自分で育てようなんて気、さらさらないな。

冗談じゃないよ、子育てを男社会がやるなんて。

ちょっと前の「三高の男性がいい」という女の人を作ったのが、男と社会だっていうなら、もっと女に文句をガンガン言えばいいじゃない。

「そういうのと一緒になるんじゃない！」って。

でも、女は「三高の男性」でなきゃ素敵な男性に見えないっていう感覚になってしまったんだよね。

だから、それだけ結婚したいような男がいなくなったんでしょ。

それに結婚した時どっちの姓を名のるかっていう問題を、ジャンケンで決めるっていうのもおかしいんじゃないの。ジャンケンで決めるぐらいの簡単なことなら、どっちの名字にしたっていいじゃないか。おいらの知ってるヤツに、ずいぶんカミさんの名前になっちやったのがいるけどな。

●おいらの美意識

昔、尿療法ってあったよな。尿を飲むと病気が治るっていう。ガンでも治るっていうの。でもおいらはね、小便飲むくらいならガンで死んだほうがいいっていうの。それはおいらの美意識だから。それが文化なの。それをわかってないと困るんだよ。

じゃあ、３Ｋとかいわれてる仕事に誰がやめなさいって言える。家庭内でどうして、カミさんが洗うって言ってるものを、やめさせて「おいらが洗う！」って言わなきゃいけないんだ。「やめろ」って言うのは、パンツに口紅がついているからおいらが洗うだけで。これはまずいなって思うから。

人前では文句言ったって、隠れてエロ本買うヤツいるんだぜ。だってエロ本が売れてるんだから、そういうのを読むヤツがいるってことでさ、おいらたちが文句言ったってしょうがないんだ。

「どうしてストリップなんて、女の裸なんてやってるんだろう」って、それは見るやつがいるからでさ。「ストリップは、はずしましょう」って言ったって、客観的に見たって、お客さんにはそういうの好きなヤツがいるんだから。それに対して我々は何も言えないんだよな。

ほら結婚の価値観とか、女のパンツ洗うのがいいとか悪いとかの話までできちゃうと、グジャグジャになっちゃうだろ。

第三章　SEX論「ワイセツってのはいいことだ」

SEX WARS

●セックスに秘め事はいい

「セックス」と聞いただけで拍手しちゃいますね！　何が何だって「セックス」です。なんていったって世の中セックスで動いてることがわかりますね。隠そうとしたって、世の中ほとんどがセックスとつながってるわけ。車でもさ、男が女の子に買ってやったりするのもさ。

「秘め事」って聞くとうれしくなっちゃう。

そういうもん、嫌いじゃないよ。ありがたいね。

あからさまに商売だってわかるの、あるじゃない。漫画でもさ、セックス描写を売り物にしてるの。でも本当はその描き手はそういう内容描くの好きじゃなくて「売れるから描いてる」っていうのは、あんまり良くない。セックスが好きならいい。おいらが読んでて

「好きだなこの人」ってわかる漫画あるじゃない。「本当に好きもんなんだな、この人」ってわかるの、そういうのはいい。

暗いのがいい。拍手しちゃう！　「イチ、ニ、サン、シ、ニ、ニ、サン、シ、――」ってやる、アスレチッククラブみたいなセックスするヤツいる。あれだけはダメだぜ。

●女子高生のセックス観

女子高生でよく噂《うわさ》してる。「あの子おとなしそうな顔してるけど、激しいんだって……」とか。

おいらんち、女の子いるけど諦《あきら》めてたもん。絶対そういう時が来るなって。中学高校になったらそういうこと言い出してもしょうがないなって。結局一五、一六歳なんだろうね。そういうこと言いだすの。

中学高校くらいだとさ、男で悪いヤツいるじゃん。番長みたいなヤツが、そういうこと全部知ってるってことになってるんだよな。ホントはほとんど知らないんだけど、みんなそいつの話を聞きに集まっちゃう。いやらしい話ばっかりしてるんだ。

浅草なんかにまだ赤線があった頃ね、みんなで行ったことがある。そしたらおネエちゃんに「帰れ、しっ！」て言われて、それで終わりだった。

今は、雑誌やなんかで勉強できるっていうんだけど、それはあくまでも視覚的なことや頭の中でのマニュアルでしょ。触れることなんて、いっさいないじゃない。だから肌とか、匂《にお》いとか、じかに触れるものは頭の中での想像と全然違うもんだから、それにぶつかった時は「アレ⁉」と思うんだろうね。

それから、統計で何パーセントって示すでしょ。ああゆうのは嘘《うそ》だよね。パーセンテージでやられちゃうとさ、「高校生の四〇～五〇％は非処女である」とかいうと、二人に一人なわけじゃない。そりゃ、当然そうした行動をしている子もいるけど、全然別の子もいるからね。

それぞれに自分の生活圏ってあるから。おいらの生活圏でいえばさ、高校生なんて、ほとんどはそういうことをしていないよ。でも、高校生全部を「処女じゃない」って言うヤツの生活圏もあるわけじゃない。だからそのパーセンテージっていうのは、その圏内での高校生なわけだ。

●裸の多いマンガは隠れて読め！

出版とか活字に対してさ、日本人は特別な意識で見過ぎるんだよ。たいしたことないのにさ。

活字になるってことを文化とか教育とかってすぐそっちのほうで考えてさ、必ずタメになるとかって言うでしょ。

「もっとタメになるものなんだから」っていう設定があるからおかしいんじゃない？　ただ人に伝達する方法として、活字を使っているだけなんだから、いいものもあれば、悪いものもある。それをいいほうばかり取り上げるの、おかしい。

「こういうものを出すから悪い」じゃなくてさ、「こういうものを読むガキを作ったおマエが悪い」んだから。

ウチで子供が見てたら、一応張り倒すから。

「おいらの前で読むんじゃない！」とかさ、「隠れて読みなさい、そういうものは！」って。

そういうものが、おいらの目の前にあったら半殺しの目にあわせるね。

「お前、これは隠し持ってるものだ。見つかったら殴られるなって思って読め」って。

それでも見るならいいけどね。堂々と親の前でも何でも秘密のない家庭っていうのが、一番悪い家庭だと思うから。秘密だらけっていうほうがいいね。

今はね、親の位置がフラフラしちゃってるからね。でも開き直った親の方がいいんだよ。「おいらは見てもいい!」だけど「お前は見るな!」。

有名なイラストレーターなんかがさ、たまにプレゼントだって、こっそりヌードの絵を送ってくれる。ちゃんと裸のやつで、外には大っぴらに出せないやつだけどね。「たけちゃん、特別描いてあげたの」なんて言われて、おいら喜んじゃって。

中学校の時の作文で、「女の子のパンツになりたい」って書いたら怒られたな。

我々の子供の頃と違って今の子供っていうのは、エッチな本を読む年になると、他の分野でもいろいろな刺激を受けるからね、これだけ取り上げてもしょうがないんだよね。

子供たちの頭もガンガン進んでるの。我々はどうしても一つのものだけを取り立ててやるから「子供がこんなものを見てていいのだろうか?」って思うけど、それ以外にも悪いことといっぱいあるしね、いいこともいっぱいあるんだけども。その洗礼を受けてきた子供たちがそういうのを選んだわけだから、子供たちの受けとめ方っていうのは、我々が心配するほどじゃなくて、もっと簡単なものじゃないのかな。

●アダルト電話に自分の子供がかけていたら……

アダルト電話の声が大山のぶ代さんだったりしてさ。知ってる声じゃダメだな。どういう人がやってるか分からないんだよね。声が若きゃいいんだもん。六〇歳とか七〇歳のおばあさんでも、声さえ若きゃいいんだから。

頭の中でいろいろ想像するから、なんでもできるんだよね。おいらの友達みたいに、『週刊プレイボーイ』のヌード写真見ながら……。声がするんで、誰か女でも来てんのかなって思って見たら、そいつが一人でやってた。「こうしてやる！」とか、「やめて！」とか言ってて。

自分の子供がアダルト電話にかけていたら……おいら、電話機で頭ひっぱたくよ、めし食わせないよ。

全然今の親の人の感覚分かんない。

おいら、子供大好きだけど、子供との付き合いは勝負だと思ってるから。一生戦いだと思ってるからね。手つなぐ時は、くたばるちょっと前くらいだろうね。そうじゃないと、とても子供なんかについていけない。

その子供だって、大人になったら自分の子供と対決するわけだから、一応は親父と息子っていうのは絆《きずな》はあるけど。相当覚悟しなくちゃさ、ファミリーって感覚でやってたらおかしくなっちゃうぜ。

ちゃんと子供に、「これは商売でお金取ってやってるんだから、だまされるな！」って言わなきゃしょうがないだろうね。「こんなのに引っかかって金取られて、お前損だよ、みっともないよ！」って言うとかさ。

性的なことで怒るんじゃなくて、「相手は商売でお前たちをどうにかだまして、金取ろうとしてるんだから、それにのったお前が悪いんだ！」って、「のるな！　のるな！」ってそういうふうに言わないとさ。

「そういうことはやめなさい！」じゃなくてさ。

テレフォンクラブも電話かかってくるわけでしょ、外から。そうするとけっこうそれでデートかなんかしちゃうヤツ多いんだぜ。テレフォンクラブで電話を待ってる男たちがいるんだって。電話がかかってくると、すぐに電話に飛びつくんだってさ。

政治家の東国原英夫《ひがしこくばるひでお》の昔のカミさんがね、それもかとうかず子の前のカミさんの時だけど、電話したら井手らっきょが出たんだよ。東国原が結婚してる時、テレフォンクラブでタダ券配ってて、それを井手がいっぱい持ってて……、「電話したら井手が出た！」って、おかしいんだよ。

「ボクはイデラッキョといいます……」だってさ。

●孤独だから友達と風俗に行って仲間意識を結ぶ

臆病《おくびょう》とかさ、孤独とかって若い時って一番辛いことじゃない？　完全に孤独だって諦めちゃだめだよ。孤独なことに戦いを挑まなきゃ、友達なんてできないよ。

孤独だという前提のもとに友達はできるけどね、孤独がイヤだと思って友達作ってれば、友達はじゃんじゃん増えるね。今の人たちの考え方は、友達がいることは普通の状態だと思ってるね。本当はそうじゃなくて、友達がいるってことは「ついてる状態」なんだよね。いい時なんだよ、すっごい。

人間、根底は孤独なんだから。で、「今日どっかで会おうか」なんて、友達から電話がかかってきたら、「何ていいことがあったんだ！」って思えるような性格じゃないとおかしいよ。

昔は友達と一緒に芸者買いに行ったわけだからさ、赤線とかに。それで誰かが失敗して、みんなでゲラゲラ笑ったりとかしてさ。「こいつはもてねえ」とか、「おいらはもてた」とか言って、性的なことをお互い見せあっちゃった後の友達って、わりかしいいんだよ。女の人を対象にして遊びに行くんだけど。それで一番盛り上がるのは、全員が被害者になった時。これが一番いいんだよね。

誰もてなかったとかさ、クラブ行ってだまされたとか、全員金とられたとかさ、それだけで帰って来て、後でサウナかなんか行って、「あのやろう」とか言って、誰ももててないの。そんなかで一人だけもてちゃうと、おもしろくないんだけどさ、みんなが被害者だとこれが団結力強くてさ。被害者って強いでしょ。

どこの団体でも被害者は強いんだよ。

●ワイセツっていうのはいいことだ

大島渚監督は「ワイセツとはそもそもない」って言ってましたけどね。おいらに言わせれば「ワイセツだけが残る」って感じあるけどね。おいらは「ワイセツって悪いことだ」って全然思ってないからね。「ワイセツっていうのはいいことだ」と思ってる。そういう刺激っていうのは、それを悪いことだとする根性が悪いんであって、芸術だって何だっていいなって思うんだ。

こういうのは受け取る側の問題だからね、要するに。おいらなんかが中学、高校の時は、写真雑誌がいくつかあったでしょ。おいらは、その頃は芸術とかそういうんじゃなくて、ワイセツのためにその雑誌を買った経験だってあるしさ。うちの兄貴たちはカメラ好きだったから、それはそれで違う意味で買ってたしね。買うほうの問題だよね。

毛が写ってる写真もさ、これでオナニーするヤツもいるし、「これは芸術だ」って思って買うヤツもいる。こういうものは、受け取る側に「こういう感覚で受け取らなきゃいけない」って、規制できないからね。「これは芸術として撮れ」なんてことになったら、ファシズムみたくなっちゃう。

ヘアの長さの問題もあるよ。それは。腹の下まで胸毛があって、「ヘア丸出し」っていったってさ、文句ないでしょ。海水パンツの上にこんなにヘアが出てたって、あれはいいんだよ。だって、もみあげとずっとつながってたらどうなるの？　「どこまでがヘアかわかんないじゃないか！」

長嶋さんなんか、全部ワイセツになっちゃう！

●男の丸裸はマヌケ

映画の『ターミネーター』でシュワルツェネッガーが、未来から丸裸で下りて来た時、こっち向くんだよね。すると、ちゃんとぶら下がってるわけだからね。おいら「すげーなーっ！」て感動したけど、あれ日本人の役者だったら、けっこう勇気いるよね。映画じゃなくてテレビの「お笑い」なら男の丸裸を使ってウケるけどね。

オレの考えでは、「男の裸ってすごいお笑い」だと思ってるから、映画で男の裸は必要だなって思ってるけど。丸出しは、これは笑うなって思ってるけど、ちゃんとした映画で裸を撮るのは難しいね。『ダイハード2』で裸になる人いるよね。真っ裸で、あれはけっこう笑えるね。

マヌケなんだよやっぱり、男の裸は。女の人の裸はいいけどさ。

●下半身だけの写真

下半身のことでおかしい話があった。昔、ポール牧さんが、「いい写真持ってる」っていうんで「なんですか？」って聞いたら、「ジュディ・オングのヌード写真だ」って言うんだ。ジュディ・オングってその時すごいはやってたから、「見せて！　見せて！」って言ったら、アソコだけなんだよ。誰だか全然わからない。何にもわからない、誰が誰だか。ジュディ・オングのアソコの写真だもん。ポールさんはジュディ・オングって言い張ってるんだけど、でも誰も見たことないんだから。

ただ毛が写ってるだけなのに、「本当ですか？」って聞くと「そうなんだ！」って、本人の顔も何にも写ってなくて、何もわかんないよ。でも言い張るとこがすごいよね。

ヘア写真集の最後のほうに、顔も何も写ってない下半身だけの写真が載ってても、本当にその人のかわかんないじゃん。

●嫌いな人＝セクハラする人

今の女の子たちはさ、けっきょく嫌いな人に何か言われるのがイヤだってだけでさ、自分が好意を持ってる人には、何言われたっていいんだから。デュエットして「私の肩を抱いてくれたんだ」って喜ぶ場合だってあるわけじゃない。

昔は夜這《よば》いとかいっぱいあったんだからね。田舎行けば、お祭りの日とかは男たちが女たちに言い寄ってた。でも、拒否もできたわけだから。別に、言い寄られたら全部受け入れなきゃいけない、って理由もないんだよ。

だから、そういうのでない文化がワッって入って来た時にさ、女の人が対処の仕方を間違えたんだよね。拒否すると仕事がなくなるとかはね、女性がある程度そういう素振りを見せてて、エサをまいておきながら、肝心な時に拒否するから、上司が怒って首にしたんじゃないの。

単純に「いいケツしてるね、ネエちゃん！　すごいねえ！」とかさ、「こりゃ相当すごいな」とか言われたら、おネエちゃんも嬉《うれ》しいと思うけどな。

好きな人と嫌いな人がいて、好きだ嫌いだって女が自分で選んでてさ、「あの人なら言われてもいいけど、あの人はイヤだ」っていうのも、こっちにとっては大変な差別だよ。おかしいよ。男は嫌いなネエちゃんにだって、一応声かけてあげてるのかも知れないよ。

男もバカだと思うけどね。自分がそういう言葉をかけて、その子が怒るか怒らないかの判定ぐらいできると思うけどな。雰囲気で分かると思うよ。女の子が自分に好意を持ってるか持ってないか、だいたい分かるでしょ。

好意を持ってれば、「ようネエちゃん」ってやればいいし、「オレのこと嫌いだな」って思えば関わらなければいいし。その判断がつかない人っていうのは、上司としてはダメなんじゃないかな。

女の人が選ぶって言い出したんだよ。昔は女の子たちは待ってたんだから、男から選ばれるのを。ところが今は、女の子が選べるんだよ。男に選ばれるのはイヤなんだ。エッチなこと言われるなら、自分たちが選んだ「好きな男から」って言ってるだけ。イヤな男には「いっさいそういうことは言うんじゃない」ってことだね。

SEX好きの日本人

●ホント日本人はセックス好きだ

いいですね！　セックスと聞いただけで笑って、つい顔がほころびるね。セックスを語り合うっていうのはすごい。あまり公開の場で語っちゃいけないんでしょうけどね。日本も少しは文化的になってきたという自覚が出てきた証拠かね。

おいらは相変わらず、セックスというのは隠すもんだと思っているけど。開放されたセックスなんて大嫌いだからさ。実にインビなほうがいい。だめだよ、外国の人のあからさまなのは。

日本は性を大切にするというフリしてね、裏じゃ相当、一番すごいんじゃないかな。そういう産業がね。昔のノーパン喫茶なんて大笑いしちゃうよ。

ノーパン喫茶って大阪でしょ、関西から来たんでしょ。喫茶店でノーパンのおネエちゃんがサービスするんだよ。ホント、考えてみれば、こんなものあったね。懐しい。ノーパン喫茶の従業員が全員男だったら気持ち悪いけどね。

建前では、そういうことをしていないってことになっててんだけどね。ほんとに、ホントウに好きだよね、日本人は。

外国もそうだけど、学校の先生とかお医者さんとか、まあまあまじめで堅い商売の人って、本当に好きだからね。やっぱり、セックスとかに、興味のないふりをしてなきゃいけない、そういう仕事の時間があるでしょ。その時間から解放される時は、そういうノーパン喫茶とかがいいんじゃないの。外国人はわりかし、付き合い方がうまいじゃない。例えばパーティで知り合うとか、クラブで知り合うとか、今の日本の若いヤツはうまくなってきてるけど。

おいらの上の世代っていうのは、あんまりそういった経験がないから、どうしてもお金とかで、女の人を買っちゃうほうが楽だったんじゃないかね。楽でしょ、だってどうやって口説いていいかも分からないんだから。付き合い方知らないよ、何も分かんないでしょ。そうすると、いきなりお金出してっていうほうが楽なんだよ。

おいらなんかすぐそういうとこ行っちゃうよ、わざと。おいらは忙しいんだから、おネエちゃんと本当は映画行ったりデートしたり、何回か付き合いたい。だけど、おいらには時間がない。

「時間がないから今日やらせろ！」って、そう言っちゃう。ダメだね。

何かいろんなこと考えると、女の人と付き合うなんて面倒くさい。何か言われるのもヤだし。そういうのは老けたってこと。

おいらみたいにね、夜中に自転車こいで二時間も三時間もかけておネエちゃんに会いに行っちゃうくらいじゃないと。チャンスさえあればね！

●金さえあればすべてと思っている日本人

あれはね、まずお金なんだよ。お金さえあればすべてと思っているから。だいたい日本人はお金さえあれば女も自由になると思ってるんだから。だから、そのお金を使ってセックス産業とか、いっぱいあるでしょ。お金さえ持ってれば、あそこの店行って一番いいおネエちゃんを買おうとかって、そんなことしか思ってない。だからとりあえずお金なんだよ。

それで、まして今の女の子なんか、「お金持ちじゃなきゃイヤだ」なんて平気で言っちゃうんだから。「それじゃあ、お金なきゃどうなの？　ほかに何かないの？」、世の中金じゃないって、男だってそう思いたいんだよ。

若さだとか情熱だとかって言うと、そんなものは一銭にもならないって言われちゃうね。「だからどうした」って言われちゃう。古いよ。だって今の女の子って「付き合うなら、若いのよりおじさんのほうがいい」って言うじゃない。なぜって聞くと「優しくてお金持ってるから」「若い子はお金持ってないからヤだ」って、女のほうがしっかりしてるよね。はっきりお金だって言うんだから。

●気持ちがいいこと

気持ちがいいことってね。そりゃ、ウンチしたって気持ちいいっていう人っているもんね。食べ物とかいろんな薬とかが進化して、胃が小さくなってきてる。要するに人間の排《はい》泄《せつ》物《ぶつ》が少なくなってきて、ウンチすることも気持ちよくなくなってきてる。だから、逆にいえばぽん引きなんかがね、「旦那《だんな》！　これ食えばでかいのが出ますよ」「どうですか？」なんてね。だいたい行為自体は似てるよね。

学生時代、徹夜で三日も四日も麻雀したのに、ソープランド行くかっていうと、死にそうになっていても「行くよ！　行くよ！」って言うのね。だらだらしてる人は、本当にセックスも動かないでしょ。仕事するヤツはいろんな面でガンガン動くんだよ。だめなヤツ、なまけ者は何の役にも立たないの。

ナマケモノのセックスって見てみたいな、動物のナマケモノの。一回動いて終わりじゃないかなって。

●やっと手に入るから快感がある

女の人を口説くのに、いろいろな方法をつかって、やっと手に入れるっていうのがいいわけでしょ。エロ本とかエロビデオでも本当はそう。今はインターネットで簡単に手に入るみたいだけど、どこへ行けばこんなもんを売ってて、あそこ行けば裏ビデオが売ってるっていう、いろいろな情報を集めて、一生懸命考えて、やっと手に入るから快感があるわけで。

やっぱり裸って、まぬけだからね。おいらなんかフランス座にいたでしょ。ストリップのおネエさんで、日舞のおネエさんなんかが裸になるとまぬけだよ。頭にかつらつけて裸だなんて、なんだこりゃ。そう、頭に消しゴムのついた鉛筆みたい。全部見せちゃうっていうのは、それだけまぬけなもんで、つまんないよね。

今の世の中、おばあさんのほうがおおらかだね、あらあらって。我々も外国人はそういう生活してると思ってるけどね。外国人の男女が道でそういうことしてもね、外国では日常茶飯事でいつもやってるんだっていう。

日本人の場合はどんなかね。進んだフリをしてやってるんでしょうかね。「なんだこいつ」って「場所がみっかんねえんだ」とかいろんなこと言われちゃいそう。でも若い子だって、やってるんだけど、そういうヤツばっかりが集まるとこでしかやらないから。東京湾のどこだとかさ、公園のベンチとか、わざわざカップルばっかしいるところに「すみません」っていって。誰もいないとこでやってるわけじゃないでしょ、隠れてるわけでもないし。同じ目的のあるグループだったら耐えられるって、みんなそうなんだから。お手々つないでね。何言ってんだっけ……。

フレンチキスっていうのはね――、どうも困っちゃったね。そういうの聞いて興奮してしまう自分がイヤだなって。どうも一般のオジサンになっちゃう。どうしてでしょうか？

そういうのうまい下手っていうのはいっぱいあるんですか？　あるって？　うまい下手って、どういうのがうまいんだか聞いてみよう。いい気持ちにさせる？　ゆっくりで焦ってない……？　どうも我々だめですね、喜んじゃって。

刺激的なことといえばさ、今のレースって、用もないのにハイレグの女がいたりして、何の用もないのに――。自動車レースでいつも怒るんだけど、「こんなの用はない！」って。自動車レースで傘持って、水着着てハイヒールはいて、何なんだって。

お酒の席には、「いたほうがおもしろい」っていうのはあるじゃない。「もしかしたら!?」ってあるもんね。あのコンパニオンガールって、みんな酒飲んでわーわーやってると、「どう？　たけちゃん」なんて来て、「いいね。おネエちゃん、今晩ヒマか？」って、一応わざと聞いてみるじゃない。もしかしたらって。

●女子校の先生がもてるわけ

女子校で「○○先生、人気あるんだよ！」って言われてる、その先生を実際見ると大笑いすることとあるな。「どうしてこんなの？」ってさ。よく考えたらいないんだよね、ほかに対象になる男が。

女は女で自分たちで勝手に理想を作っちゃうからね。わざと、その人を対象にしているだけでさ。ほかに対象がいればいいけど、いねえからな。自分で勝手に理想を作って、その先生が素敵に見えてきちゃうんだよ。


今はね、性的なこととか体の仕組みとか、変わってきてる。おいらは昔、自分ちのトイレしか入れなかったもん。今は外でも、デパートとか会社でもきれいなトイレがあるでしょ。そうすると「家のトイレよりいいな」って思う時ある。

全然話が飛んじゃうかもしれないけど、貞操観念もそうで、昔は家とか環境とか、夫婦間とかでおさまってたのが、わりかし外に出ても罪悪感がなく、きれいな感じがする時あるんだよ。そうすると貞操観念なくなってくるかも分かんないね。そうしているうちに、それを破ることがそんな大変なことだと思わなくなってくるから。

昔は友達の家のトイレを借りるなんて、イヤな時あったでしょ。今はそうじゃない。

「悪いな、ちょっとウンチしちゃった」なんてさ。

ある意味でセックスは生理に近い部分あるでしょ、トイレもそうだし。だけどトイレとかそういう性の問題に対して、必ず日本という国は、人前に出さないとか、便所は北の方にあるとか。要するに裏に隠す。

立ちション, あれに対しては男たちは認めてるんだよね。酔っ払っちゃって、したくてしょうがないんだから、もう許しちゃおうって。女の人は困っちゃうもん、できないからさ。女の人が、はじっこのほうにしゃがんでたら、分かんなくてふんづけちゃうかもしれないし。男族は知らんぷりしてできるんだからね。

●街頭ナンパ

おいらたち芸人はね、一般の人の生活してないから、どこいっても「ああ、たけしさんだ！」って言われちゃうから、楽ですよこっちは。「お茶飲むか？」って言えばいいんだから。一般の人は知らない人同士なんだから、はじめは警戒する。おいらなんか、悪いことするように見えないでしょう。じゃなくて、悪いことしても逃げられないよ、絶対に。

場所なんだよ、場所。なぜ男同士で海に行くのか。そういうところのお酒飲む場所というのはね、話しかけやすいとかあるでしょ。確かに泳ぎたいってこともあるけど、もう一つの理由はナンパできるという。要するに女の子もナンパされに来てるし、だからナンパしやすいというね。みんながやってる場所だから。

そうじゃない場所でナンパなんてできないもん、急に。女の子だって、そんなとこで声かけられても絶対ついてこない。ナンパしてついて来るのは、やっぱり渋谷《しぶや》のあの通りだとかさ。そこがナンパのメッカだってことが、みんな分かってるわけだから。

今のナンパは数打ちゃ当たる方式だね。要するに、今の日本の男は、声かけてダメだったら気に入ってもらえなかったんだから、自分のことを気に入ってくれる女のほうに行こうとする。要するに、この女の人が気に入ったから、この人じゃなきゃイヤだってことが全然ないんだよ。逆に好かれるか好かれないかみたいにさ。「私はどうでしょうか?」っていうナンパだからね。女の前に行って「私を気に入ってくれますか?　ダメ。じゃあこっちはどうですか?　いい。じゃあ行きましょう」っていう。とにかく「いかがでしょうか?」だからダメだぜ。

男のほうが昔と違ってダメになったってことはあるよね。今は女の人のほうに選択権があるから、そういう部分で、女の人が強くなってる。女の人が「ノー」といったら「ノー」なんだからさ。

いいよ女の人は、待ってればいいいんだもん。男は弱いよ。今の日本の男はね、女の人の前じゃ弱いね。だって入りたくもない店に入ってるじゃない。女の人と一緒にね。買い物手伝ったり、いろんなことしてあげて送ってあげて、挙げ句の果ては、家の前で「じゃあね！」って言われちゃうんだもん。

●男っていうのは誰とでもそういうことができる

処女なんて、相手の男の受け止め方一つだからね。他人にとっては何の価値もないものだから、自分が一緒になるとか、支配するためのものでしょ、当然。男が処女とか処女性に対して、どういう感覚でいるかによるもので、処女を頑《かたく》なに守ってる女の人は、やっぱり処女を大事にする男と付き合うってことだから。今の世の中では絶対に処女じゃなきゃだめだなんていう男は、あんまり大したことないと思うけどな。

だいたい昔は、どこ行ったってフリーセックスのはずだったんだ、歴史をさかのぼればどう考えたって。だけど宗教が出てきてそういうカセが出てきた。だいたい宗教は足カセだから、一つの規律だからさ。だからそういうことにしたんじゃないかね。処女性なんていうのは後のことだと思うけど。

男っていうのは、下手すれば誰とでもセックスができるってとこあるから。愛がなくても、愛情が全然ない、愛情なんかあるわけないでしょ。買春ツアーに行っちゃうヤツがいっぱいいるんだから。だって、そん時に愛もくそもないよ。セックスをお金で買っちゃうんだから。自然の摂理で、子孫を繁栄させるためには、人間をセックス好きにしなきゃいけない、っていうわけで、セックス好きだから子供が自然にできたわけで、子供つくる行為で紅鮭みたいに死んじゃうんだったら、誰もやらないよな。

●男は好きじゃなくても浮気ができる

「わからなきゃいい」って必ず言うんだよね、あれは一番おかしいね。で、バレたら怒るとか離婚するとかって、やってることは一緒なんだからさ。

女と裸でそういうことやってるのに、「オレはしてない！」って言ったヤツいるもんね。「絶対してない！」って。

女の人は好きにならないとそういうことはできないと思ってるのかね。どだい男は好きじゃなくてもできると思ってるから。男の浮気というのは、単なるゲームだとか処理だとか。そういう意味で、愛情は全然感じてないセックスができるから、いいと思ってるんだろうけど、女の人がそういうことをする時は、必ず相手を愛してなきゃいけないと思ってる。

日本の場合はサラリーマンなんか、離婚することによって社会的制裁を受けることって多いでしょ、出世だとかにさ。ごく普通の堅い会社なんかだったら、必ず課長どまりになったりとかするじゃない。その辺がなんか、妙に社会的にもうるさいんだよね。

六本木におむつバーってのがあったんだけど、会社の社長がね、裸で普通のおむつ着けてね、そこのおネエちゃんが赤ん坊と同じように扱ってくれるの。男が「うえ〜ん」って言うと、おネエちゃんが「ほらほら」ってあやしてくれる。それがちゃんと仕事やってる人だっていうんだから。それもさ、「普通の家だったらとんでもない」って言うじゃない、社長がそんなことするなんて。でもそれを「笑ってあげましょう」「そういうのも楽しい時があるかもしれないな」って。そうしてやらないと生きられなくなっちゃうんだよ、そういう人のセックスってだいたい正常じゃないからね。

●「何言ってんだ。あたしは何十年もやってきたんだ」

年寄りってね、セックスのことになると、けっこう若いヤツばかにするとこある。「何言ってんだ。あたしは何十年もやってきたんだ」っていうのがあるから、「こんなもんじゃ驚かないよ！」って言われちゃって。「回数が違うんだ。お前らとじゃ」って。かなりのしぶとさがあるよ、年寄りってさ。

だからアダルトビデオとか見せられて、ショックが大きいのは若い人のほうだよ、ばあさんたちなんて長いことやってきてるんだから、全然こたえないよ。ホント。

「ま～いいこと、楽しそう」なんて言っちゃうんだからね、「ありがたいこった」なんてね。「薬だ！　薬だ！」と言ってるヤツがいるくらいだから。

あなたはとっても恥ずかしい

●ストリッパーはパンツをはく時のほうが恥ずかしい

ストリッパーは、裸で踊ってる時は恥ずかしくないいんだけど、パンツはく時が恥ずかしいんだって。終わって、自分の下着とかをはいてる姿を見ると、「見ないで!」って怒るんだよね。

お笑いのヤツもさ、スナックでみんなすっ裸になって踊ってさ、それが終わってシラッとした時、自分のパンツをはいてる姿が、恥ずかしくなるんだよね。はく時はちゃんと隅に行ってはくんだよ。脱ぐ時は真ん中で堂々と脱いでるのにさ。はく時は見られないようにはいてるの。微妙な気持ちがあるんだよな。

仕事と日常との接点のところが、一番恥ずかしいんだよね。

ストリッパーは、客が恥ずかしがると自分も恥ずかしいんだね。舞台で客席に突き出してる〈ヘソ〉ってあるじゃないか。一番前で「ワー、ネエちゃん、こっち来い！」とかいってて、そいつの前で足をパッと上げると、下向いちゃうヤツいるんだよ。すると自分まで恥ずかしくなっちゃうんだと。「何やってんの、見なさい！」って頭ポンとたたかれんだよ。ストリッパーは客が恥ずかしいって態度を露骨にすると、自分も恥ずかしくなっちゃうんだと。

昔はね、その恥ずかしさを人のせいにしちゃったわけだ。「しょうがねえ、課長が酔払っちゃって、ついて来ちゃった」とかさ、「いやんなっちゃうな」って言って。ソープランドも同じで、ソープ嬢と一緒になった時に、「飲んじゃった勢いで、友達が来たいっていうから一緒について来たんで」って、段取りのセリフがあったんだ。だけど今は段取りがいらなくなっちゃってるんだよ、それもうバレちゃってるから。

子供がある程度、小学校、中学校にでもなれば、「親もこういうことしてるだろうな」って思うんだろうけどね。もっと小さくて、言葉をバンバン話し出した頃って、「何してんのこれ？」っていちいち言われちゃうとさ。どうしよう、ホントにって恥ずかしく思っちゃう。お手本をお見せするわけにもいかないからな。

●コンドームが恥ずかしい

お父さんがどっかでコンドームもらって、コートのポケット入れてたけど、すっかり忘れちゃってて、帰ってお母さんに見つけられちゃったら、もめるぜ、これ。

昔ウチの近所の薬局の、コンドームの自販機は、お釣りが出なかったんだよ。文句言いに行けないじゃないか。真夜中に、買いに行ってお釣りが出なくて、「バカ野郎！　コンドームのお釣り出せ！」って言えないから、「畜生……」ってトボトボ帰っていくんだよな。

女性の生理用品のCMっていっぱい出てるけど、けっこう恥ずかしいものあるよね。横漏れがしないって、わざわざ自転車こいじゃったりなんかして。何もその日に自転車こがなくったっていいじゃない。男だってそういうの、夢精なんておふくろに隠れて、風呂場でパンツ一生懸命洗って、しょうがないから。洗って干すとバレちゃうから、またはいたりなんかして。冷たいパンツはいてるから、夕方腹痛くなっちゃって、腹くだっちゃってもう。

●オナニーが恥ずかしい

コンニャクっていうのは、学生の時にオナニーの代償で使うとかって噂《うわさ》があった。ちょっと恥ずかしくってさ。男なんて異常だからね、そういうことばっか考えるの。水虫になったやつもいたからね、靴下でやっちゃって。「靴下なら他に飛ばない」とか言っちゃって、無理なことやっちゃうんだよ。

うちの相棒がね、温泉に行った時、あっちが女湯でこっちが男湯で、間にパイプがあって、そこからお湯が出てたんだよね。手を入れたらいい湯加減で気持ちいいからって、そこにアソコを入れてたら、急に熱湯になっちゃったんだよ。「ギャーッ!!」て叫んで、ヤケドしたチンチンおさえてもう前かがみになって歩いてるんだけど、擦《す》れちゃって痛い痛いって。実際にいるんだよ、そういうまぬけなのが。

風呂場でそういうことしてて、親父に見つかって「リンスです」ってあれを頭につけたヤツもいたけど。

●処女が恥ずかしい

処女よりは処女じゃないほうがいいかなって思うけど、女で何百人もやっちゃってるのはいやだな。でも処女より面倒くさくなくっていいし。要するに運転免許みたいなものだからね。性生活において、よく作動するっていうかさ。運転の仕方を教えなくっていいっていうね。

セクシーとはなんだ！

●タレントさんだとあまりセクシーだとは思わない

今はセクシーっていって、それを売り物にしている人が多いでしょう。着るものが薄かったり、短かかったり、新曲に合わせて服装をかえたりなんかして。あれだけ見てると、どんどん露出度が高くなったって、オレは全然セクシーだと思わないね。タレントさんだとそれが商売だからさ。

いいですね、ナースさん。だからさ、アダルトビデオのタイトル見ると、ナースさんとか、女子高校生とかっていうのが出てくるでしょう。それはうすうす男があいうのがセクシーだと思ってるってことだよね。

あんまりはっきり言うとスケベおやじになってしまうから、あんまり言わないけどさ。ごく普通の女の人のほうがセクシーだと思うけどね。

昔セクシーだと思ったのは京《きょう》マチ子さん。京マチ子さんて素敵な人だと思った。高峰秀《たかみねひで》子《こ》さんとか、あの辺はすごいなって思ったね。あの頃の脱がないのがかえってセクシーだよね。

海に行く時は水着を着なきゃいけないじゃない。でも女優さんなんかは、写真のスチールやなんかで水着になるじゃない。そういうのを見ると「ウウッ」て思うね。

水着になるのがあたり前の人が、いくら露出しても、別にどうってことないね。用もないのに、レース場でハイレグ着てるヤツいるよね。ハイレグ着てるのはまあいいけど、それでハイヒールはいてるのはよく分かんないな。ふつうは水着着てハイヒールはいてるヤツなんかいないよ。男だったら海水パンツはいて、革靴はいて歩かなきゃいけないよ。でも、そんなヤツはいないもん。世間がよく許してるなって思うよね。水着着てハイヒールはいて、傘さして歩いてんだよ。バカじゃないかと思うけど、「あれがいい」っていうんだから、わけ分かんない。

じっと見ると「イヤらしいわね」って言われる。見られるようなカッコウしてるくせに、見ると怒るから困っちゃうんだよね。実はさ、ジーッと一カ所を見て、何かはみ出してないかなとか、そんなことを見るんだけど。そうすると「失礼だ！」とか言うけどさ、自分がそういうカッコウしてるんだから、しょうがないじゃないか！

セクシーというのはね、今の時代は何か露出が多過ぎて、あんまり感じないね。

前に貴乃花が稽古《けいこ》してて、白いまわしつけて胸のあたりに泥なんかつけて、髪の毛ボサボサになって汗ダラダラでさ。こんなの女の人見たら、参っちゃうだろうなって思ったね。お相撲さんは、本物のまわしつけて土俵でやってるより、稽古場でやってるほうがずーっとカッコいい。

白いTシャツとジーンズは、四〇過ぎたらいいけどさ。まだ若い俳優が、破れたジーンズにTシャツだとわざとらしいな。ジーンズにランニングに下駄《げた》っていうのは、セクシーじゃないかな。

●女の人の香水が気になるんだよ

セクシーにやや近いんだけどね。女の人の香水が、気になるんだよな。香水でその人を思い出す。エレベーターなんかね、誰も乗ってなくて、香水の残り香があるでしょう。そんな時、その香水をつけてた女の人を思い出すね。「ああ、昔この匂《にお》いの女の人と付き合ったことがあるな」って。

大人の女はまずいな。やっぱりおネエちゃんがいい。何も知らないおネエちゃんが一番いい。付き合って「下手だ」って言われないぐらいがいい。男女関係が分かってるおネエちゃんだと、「下手ね」って言われるのがイヤだなってのがある。

男の人は大きくなっちゃうからさ。超ビキニのパンツにアレを無理にしまってあるわけだけど、海で女の人が歩いてるの見て、もし大きくなったら飛びだしちゃうんじゃないの。「カンガルーだ」って言い張ってるヤツいたけどな。「カンガルーの子供だ」って。はく時にはみ出しちゃわないのかな？　上からはみ出して横から二つ出ちゃったりなんかして。「水着がセクシーだ」なんていったら、下手すりゃスクール水着のほうがセクシーだと思うけどな。少女の紺のね。パンツの上にパラッて、スカートみたいのがかぶさってるのあるじゃない。あれのほうがセクシーだな。

●商売のおネエちゃんには「五〇万円でどうだ」

会話でセクシーなことをビシッと決めたいね。

商売しているおネエちゃんに「一〇万円でやらせろ！」って言ったら、のっけから「セクシーな言葉だわ」って言われたりして。「五〇万円でどうだ！」って言うのも、これは人によったらセクシーな言葉かもよ。

ハイヒールにビール入れて飲むのが好きだってヤツいるね。ＳＭクラブで。「ゴルフハンデ３」って言ったら、「オレはＳＭクラブハンデ３だ」って言ったヤツがいて大笑いしたけどね。

性的なこともあることはあるけどさ、〈楽な子〉っているんだよね。結局そういう子にくっついちゃう。いろんな子と遊び回ってても、「やっぱりあいつのところに遊びに行こう」ってなっちゃう子がいるじゃない。異常に楽。精神的にも楽。具体的にどういうっていうことじゃないけどさ。

昔よく行ったソープランドのおネエちゃんはね、ちゃんと、靴下と下着の新しいのくれたんだぜ。

●色っぽいほうがプラス精神面がありそう

総合的な人間性の中に、ひとつのパーツとして「セクシー」っていうのが入ってるんだよ。セクシーだとかファッショナブルだとか。そん中にあるわけだけど。

大人はセクシーって聞くと、ただエロスのほう専門っていう感じがするよな。

昔は〈色っぽい〉っていうと、肉体的なこととプラス精神面のことで〈色っぽい〉って言ってた。〈セクシー〉っていうと英語になってるから、ほとんど昔の人の感覚では肉体だけって感じがするでしょ。〈色っぽい〉っていうとさ、ちょっと情景が目に浮かぶようなさ。おかみさんの姿とかさ。

SEXと政治

●二〇歳の頃は何やってたかって

とにかくジャズ喫茶のボーイをやってたんだ。成人式なんて、あったんだなっていうか、連絡は来たらしいけどさ。参加するとかそういうのはいっさいなくて、友達んちの居候だったからな。

昔はさ、女の前でなんで気取るかって、頭の毛しかない。車はない、いい服は着てない、金はないっていったら頭で武装するっていうかさ、新実存主義とか、わけわかんないこと言うんだよ、それなりに。

でも本当のことといえば、車でネエちゃんひっかけたほうが楽だってことは、うすうす気がついているんだけどさ。他に気取るもん何にもないんだから。見た目は悪い、金はないでしょ。家帰れば貧乏で。しょうがないもの。だからやっぱり「男は車や金じゃない」って思ってなきゃ。それが「男は車や金だ」って言われればそれまでだけどさ。

おいらの若い頃の女の子はね、今みたいにきれいな人はいっぱいいなかったんだ。東大なんかきれいな子一人もいなかったぜ。要するにさ、あんまり化粧法も美容法も、マニュアルがちゃんとしてなかったからさ。それだけきれいな人と不細工なのとの差が、歴然としてたの。不細工がごまかせない時代だった。

今は、なぜきれいに見えるかっていうと、いろいろ金かけてるからさ。頭の毛とかも。いやいや、政治家の舛添要一《ますぞえよういち》さんなんかりりしいですよ。はじめて会った時、シャモかと思ったもん。今はそれなりになってるもん。

それなりに作った男と、それなりに作った女が知り合って、それなりのセックスをしているわけだから。勝手にやりゃあいいやな。

どうぞご勝手に！

●若い頃の性生活について

おいらの友達で、『サザエさん』でオナニーしたヤツいたぜ。『月刊ＰＬＡＹＢＯＹ』とか外国の雑誌拾ってきたりさ。それに、自分を慰めるにもティッシュもなかった。新聞紙だったな。写真雑誌も『平凡パンチ』とかがちょっと出てきたあたりだけど、今考えれば何でこんな単純な写真で興奮したんだろうかっていうようなもんだった。

ビデオなんて全然なかったもん。だって『風立ちぬ』って8ミリビデオの傑作だっていう、イヤらしい映画借りてきたことあったけど。いやんなっちゃうよ。どう見ても五〇のおばさんがセーラー服着てるんだぜ。それでほっかむりした強盗が入ってくる、それで興奮していた自分が大笑いだな。かきたてられないよ、そりゃ。

●おネエちゃんが喪服着てきた！

「着つけやります」って書いてあるホテルあるよね。おネエちゃんが喪服着てきたことあるもん。昔ね、「出てこい！　出てこい！」って言ったら。「出られない、お母さんがうるさい」って言うんで、「友達が死んだことにしろ！」って言ったら、お母さんが「これ着て行きなさい！」って言ったって、喪服でホテルに来ちゃったの。弱っちゃったなって。で、おばさんに着せてもらったの。ホテルのおばさんにさ。

おいらはね、女性の味方なんですよ。

そうですよ。女には選挙権いらないなんて言ったことないですよ、おいらは。心外だね。そりゃあ、男でも女でも「こんなヤツに選挙権はいらない」っていうヤツがいることは間違いない。だって「いやだぁ」とか言ってるヤツが、「おいらと同じ一票入れるなんて、そりゃ許さない」って言ったら、大変な目にあいました、怒られて。おいらはね、税金だってえらく払ってるのに一票でね、その辺歩いてる暴走族のアンちゃんだって一票。おいらがそりゃあ「許さない」って言うのは、ごく当たり前でしょ。誰だって普通の感覚でそう考えるさ。

「バカは票入れなくてけっこう」って言った瞬間に、バカがバカと思われちゃ大変だって入れちゃうんだから、逆利用するんだから、ホント汚い。

おいら議員にはなってみたいな。談志《だんし》さんみたいにすぐクビになるのあるじゃない。それなら、おもしれえじゃない。

●刑罰は一六歳、選挙権は三〇歳から

刑罰について言えば、一六歳からは大人の刑罰だね。選挙権は二五歳か三〇歳でやっと。三〇歳でいいと思うね。でも三〇歳のバカはいうこときかねえからな。

ＮＨＫが、国会中継をサラリーマンがみんな働いてる時間にやるのがおかしいんだって。朝の一〇時頃からずっとさ、三時頃までやってるでしょ。そんな時間に家にいるおやじいないもん。おいら、国会中継見られるなんて知らなかった。普通、議会に入れてくれねえと思うよ。

婦人票と頭の悪い人の票は、一見すっごい扱いやすそうで、実はこれほど裏切りもんもない。それを期待したらとんでもないことになるんだ。

芸人さんってのがそうだもん。だって、芸人さんていうのは視聴率考えて、そういう人対象にやるわけ。確かにいいの、初めは。それがそっぽ向かれた時は踏んだり蹴《け》ったり、ひどいから。初めから相手にしてない人は長持ちするけど。

●選挙権争奪

テストして選挙権与えるなんていえばさ、三権ってどういうことかわからなくったって、とりあえず覚えるじゃない、今の人はさ。それが知識だと勘違いするのが、一番おっかないけど……。

「今までの総理大臣の名前をできるだけあげてください」とか。なんかもじった問題のほうがわりかしいいかなって思うんだけどさ。洒落《しゃれ》で三権を「埼玉県」っていったおネエちゃんのほうがいいね。一票あげてもいいかなって思うもん。「人権」とか「国民」とかって書いたのもなかなかおかしいと思うけど。「絶対主義」はいいなと思ってるんだけどな！

正直な話、政治家が資産公開するじゃない。その時、お金ないほうが偉いみたいな感じするでしょ。でも、そんな貧乏なヤツに政治を任せてらんないって感じもするじゃないか。何か金をごまかすんじゃないかと思っちゃってね。区議会議員なんてのは一番デカイこというんだ。よしゃいいのに、「来たる何年代のための世界の平和のために」とかね。そこに応援に来た衆議院議員いわく、「そこに公園つくりましょう」だって。これいったいどうなってるのかね。

●人一倍苦労して金稼いだヤツから税金を取るな！

税金っていうのはみんなお金持ちから取るっていうけどさ、金を人一倍稼ぐヤツは、人一倍苦労してるってことをよく分かってないんだよな。おいらはずいぶん払ってるけどね。

「たけしさん、お金稼ぐ！」って言うけどね、おいらはさー、一年間休んだことないんだよ。一日五時間も寝られないんだぜ、なかなかないぜ、こんなの。それで「あんたは金稼いでる！　稼いでる！」って言われたらかなわないって。夢がなくなるじゃない。

昼間働いて、さらに夜働きたいヤツだっているわけだよ。お金が欲しいんだから。そいつがさ、一生懸命働いたお金をさ、みんなと同じように「税金払わなきゃいけない」って言われるのもおかしいよ。

●戦争への自衛隊派遣

「おいらは行きますよ」って言っちゃえばいいけどな。自衛隊がいてだよ、なおかつ足りないから「抽選であなた行くことに決まりました」って言われたら、「しょうがないから行くかな」って。しょうがないもの、そうなりゃ。抽選で当たったんじゃさ。赤紙みたいなもんだから、じゃあ行こうかな、なんて。

ほんと、そりゃ怖いよ確かに、くたばっちゃうかもしれないけど、決まっちゃえばしょうがないよな。みんな目の色かえて、「どうだ、行かないんでしょ？」って、行かないのを前提としてるからおかしいんであって、行く場合だってあるんだから。

それから議員でも、もうちょっとおもしろい人がいないかね、どっかに。アメリカがイラク攻めた瞬間に、「今がチャンスだ！　アメリカたたき！」って言うとか、「自衛隊は真珠湾攻撃に出ろ！」っていうような議員ね。そうすりゃ、拍手喝采《かっさい》で笑うんだけどね。デイブ・スペクター人質にとってさ。アメリカにしかけろって。「長年の恨みを晴らせ！」って言ったらいい議員だと思うけどな。いないね、そんなのは。

●一〇〇万円以上納税した者のみに選挙権を

親の金でね、六本木でチャラチャラしている女子大生とね、何億も税金払ってるおいらとね、選挙で同じ一票だと思ったらイライラしますよ。かたっぽは「消費税は気に入らないわ」とかさ、「老人福祉にお金払ってくれるんならイイわ」とかさ。

「てめえなんか税金一銭も払ってねえくせに！」これ本音だぜ。

一〇〇万円ていうのが、どうも昔の子供みたいでね。お金持ちっていうと一〇〇万円って。なんか条件反射みたいなとこあるじゃないか。でも、選挙権は最低一〇〇万円だね。

結局選ばれた人が何やるかっていったところで、世の中の流れは、一定の方向にしか流れないと思う。どんな横やり入れようが何しようが、変わらないような気がする。

政治の状況じゃなくて、人の多さにイライラしてくる。要するにちゃんとした政治をするには、人が多過ぎるね。世界各国に。

中国のね、天安門《てんあんもん》の時に何人も死んだじゃないか。とんでもないことにはなるけれども、残った者にとっては良い政治になるかもしれない。

思いっきり人を殺せたらいいんだよな。議員でね、「死ね！」って言える人がいたら少しは政治も良くなるかなって思う。それで「半分以上死ね」ってなった時に、抽選で「あなたは死ぬことになりました」って言われたらさ、おいらはしょうがないから死ぬ覚悟はありますよ、それでいいんならね。それならしょうがないじゃない。「あんたはバツ」ってことなんだからさ。そのくらいの荒療治をしなければ、日本の政治はダメなことは間違いないよ。

第四章　人生相談「なんの答えにもなりませんよ」

イジメられたい方、人生相談いたします。

みんな懲りてるはずなんだけどな。おいらに人生相談したいったって、何の回答にもならないのに、またイジメてほしいんだな。じゃあ罵《のの》ってほしいんだろ。「バカヤロー!」って言ってってほしいのか!

よく「恋人に打ち明けられない」って悩みが多いけど、恋人がいるだけいいじゃないの。悩みあるだけいいよ。誰かさんみたいに恋人に逃げられちゃった人はどうするの?

誰が一番かわいそうって、相談相手の飼ってる猫っていう立場が、一番かわいそうだよね。「大変なのねー、大変なのよー」って、「あれ誰か来てんのかな」って思ったら、猫相手に話してんの。独り暮らしで猫飼ってね、夜中じゅう猫相手にコーヒー飲みながらセンベイかじって、相談ごと打ち明けてるヤツがいるんだ。あれは悲惨だね。

ペットで思い出したけど、所《ところ》ジョージにもらったトカゲがね、うち帰ったらいないんだよ、どっか部屋の中逃げたらしいんだ。怖くて寝てらんないよ。おいらが寝てる間そいつが顔食おうとしたら大変だもの。いなくなっちゃったまんまよ。それから三日後にね、近所のじいさんがいなくなっちゃったんだけど、食われちゃったんじゃないかな。

人生相談に出てきて好きなこと言って、だめにしちゃうのが好きだぜ。真剣に答えてないんだから、楽しい。人生相談って、人の不幸だからさ。人の不幸を、全然関係ない立場で勝手なこと言えるってのは、これほどいいもんないさ。

相談1

三八歳の息子が仕事もせずギャンブルに溺《おぼ》れています。主人の退職金も使いこみ、その時ギャンブルはやめると約束をしたのに、今も消費者金融に追われています。それでも懲りずに親の名前で借金をしようとしています。結婚もせずに、ブラブラ……。このままずっと面倒をみてやらなくてはならないのでしょうか？

お母さんも、そんなせがれを心配するようなことするから、かえってつけあがって金使っちゃうんだよ。早めに捨てちゃわないとさ。

お父さんとお母さんが一緒になって、ギャンブルにつぎ込んじゃって、みんなで悲惨なめに遭っちゃえば、少しは気がつくかもしれないぜ。なまじ貯めるからいけないんで、「これだけお金があるから賭《か》けちゃいましょう」とか、「家も賭けちゃいましょう」とか、「私の名前で全部賭けちゃいましょう」とかってすればどうだい。

そういうギャンブル全部やるくらいなら、貯金したほうがよっぽど金になるはずだけど。ギャンブルやる人って金がたまったことの代償じゃなくって、自分のお金を賭けて、どきどきするのが好きなんだ。

お母さんさ、息子に賭けたらどうかな。おやじと二人で、息子がギャンブルやめるかやめないか。お互いに賭け合っちゃったほうが早いな。

親は子供をまず捨ててだね、捨てた子供なんだからギャンブルやったって野たれ死にしようがどうしようが、ほっとくくらいでなきゃだめだよな。

人生相談の答えとしては、「そいつは死んでもなおんない！」

相談2

私の彼は病的なほどきれい好きです。吊《つ》り革や自動販売機など、人がさわるものには絶対に素手でさわりません。手袋やハンカチでさわるのです。週末に私の部屋に来ますが、カーペットに髪の毛一本落ちていても帰ってしまいます。彼との

――エッチも大変です。彼のこの異常なきれい好きを直す方法はないでしょうか？

きっとおかしいんだ、こいつ。だって、この人外を歩くわけだろ。排気ガスなんかがある、そういうとこを平気で歩いててさ、自分ち帰って手を洗うって感じわかんないね。自分の周りをビニールで囲って一歩も出てこないっていうんなら、まあ、わかるなって思うけど。自分のケツだって自分で拭《ふ》くんだろ、ウンチだって手に付いちゃったりなんかしたら洗うだろ。あ！　自分のはキレイなんだ！　髪の毛一本落ちててもイヤだってんなら、おネエちゃんのパンツ脱がしたら倒れちゃうだろう。パンツ脱がしてパンツにあそこの毛が付いてたら、倒れちゃうんだ。もう失神状態だぜ。きっと。

エッチもしてんだろ？　だけど、それが不思議だよ。あんな汚ねえもの、どうして……。わかった！　それも手袋してやってんだ！　長い棒で叩《たた》いてんじゃないか。手の形したマジックハンドでさ。

添加物もね、よく無添加野菜とか買ってるけどね。身体の中に無添加だけで入るわけないんだよ。このまま呼吸してたって入ってるわけだから。逆にいえばさ、下痢も必要なんだよね。身体で覚えるんだからさ。悪いものが入ったら、下痢で治すんじゃないの。それを体験しないっていうのはいけないいんだよ。泥の中に手を入れることも必要だしさ、爪《つめ》に土が入っちゃって汚いっていうのも必要なんだよ。

それが全然ないっていうとさ、いざそうなった時、バイ菌が入ってきたりした時どうなるの。身体が防御作用を働かせられないよ。だからこの人なんか、絶対おかしいよ。そう思わないか。この人がこうやって生きていられるってことは、どこかで、もっと汚いことしてるんじゃない。それの反動じゃないの。

パンツにウンチついていても何でもないけど、パンツに口紅ついたら焦るな、おいらは。

女の人がある程度キレイ好きっていうのは、まあかわいげがあるけどさ。

誰だかはあまり言えないけど、ある人の奥さんでそういう人いるよ。おいらお客に行ってね、やんなっちゃうのよ。だってさ、おいら歩いた所いきなり拭かれちゃってさ、すごい汚い人みたいじゃないか。

相談者のことだけど、二人で毎日「変態夫婦＝潔癖夫婦」やってさ、朝から晩まで消火服みたいのかぶっていればいいじゃん。

相談3—私は今までかなり転職しています。今までの会社では歓迎され、待遇も悪くありませんでした。にもかかわらず、仕事を覚えるとやる気がなくなってしまいます。毎日同じことをしていると、イヤになってしまうのです。今は新しいところで頑張ろうと思っていますが、いつ私の転職癖が出るか不安です。

好きな仕事が見つからないんだから、じゃんじゃん転職していいと思うぜ。機械作業みたいなのがイヤなわけだろ。初めはいろいろ習うから珍しくて一生懸命やるけど、覚えちゃうとつまんなくなっちゃう。だからどうしてもやめちゃうわけ。この人にとっては、それは一生をかける仕事じゃないわけさ。転職しちゃったほうがいいんじゃないの。

単調な事務で、支出の伝票整理とかだったら、その仕事がもうちょっと進化する可能性はゼロだからね。入ってきた伝票をいつもチェックしているわけでしょ。それはその仕事以外にないじゃない。それがイヤだったら、やっぱりやめちゃったほうがいいよな。

おいらは職業に対して何を思うかっていうとね、その職業で成功するってことは二の次。もしその職業を選んで浮かび上がれなくっても、満足する職業ってあるじゃない。つまりおいら、浅草のコメディアンでいいわけ。売れなくてもそれで野たれ死にとか。クマさん（篠原勝之《しのはらかつゆき》さん）も芸術家でいいわけ、売れなくたってさ。成功しなくたって、それで死んでいっても。逆に命をかけられない職業についた人は可哀想《かわいそう》なんだよね。

とにもかくにも、成功するのなんて二の次でさ、その仕事を選んで、それに満足できるかどうかだと思うぜ。それが当たる当たらないはまた別もんだから。

就職することと自分が好んでやることと、分ける感覚がないとね。お金をいただくってことは過度な、自分の意志に反した労働もしなきゃいけない時もある、イヤなことでもさ。

おいらが浅草でコメディアンやっている時、やっぱり食えないから肉体労働の力仕事をやってたんだ。コメディアンをやる時は、お金もらえないのは当たり前。売れてねえし、だけども好きなことをやってるからしょうがないって、お金をもらえなくてもさ。だからお金もやりがいもって、二つを一緒にまとめて考えちゃうと、わけわかんなくなっちゃうってことさ。

好きなことははじめは無償なんだよ。能力も未知だしさ。それがだんだん売れるような価値がついてくるから、お金もいただけるようになるわけじゃないか。

この人は、いきなり自分の能力を売ってるわけだよね、自分のやれる仕事で。それでなおかつ、自分のやりたいことと結びつけようというのはちょっとね。まずこれをやりたいって考えて、小遣い程度にしかならない仕事でもいいから。そうすれば長くできると思うぜ。

相談4

私は商社に勤める二八歳のＯＬです。六年間に三人の男性と付き合いましたが、どれも結婚までいきませんでした。美人とはいいませんが十人並みで、交際中はわがままも言わず尽くしていたつもりです。でも、皆別れる時には私との結婚ははじめから考えなかったと言います。私は遊ばれているのでしょうか？

女が男に尽くしたとたんに、その女は男にとっては「キープちゃん」になるわけさ。さてこの女をキープしておいて、次のネエちゃんに手を出そうかって思っちゃうんだね。逆に、あまり尽くさないと、「大丈夫かなこの女、おいらのことあんまり好きじゃないのかな」って思って、どうにかしてキープしようとして、必死になってこの女を追っかけ回すわけさ。この女の子は人が良過ぎるから、尽くせば男が喜ぶと思ってるけど、そうじゃない。尽くさないほうが男は喜ぶ。要所要所でね。まるっきり何もしないんじゃなくて、たまにはやる。そのへんが難しい。たまには食事も作るけど、イヤだって時のほうが多いってくらいにさ。それに、他に彼氏がいるんじゃないかっていう素振りも見せなきゃなんない。

なんたって、男と女っていうのはゲームだからね。夫婦になったたって、お互いにふれ合う度に作戦練らなきゃいけないんだよ。夫婦になったたって全部さらけ出すなんてありえない。そんなのは良くない。男にとって、未知なものが一番魅力あるわけだからさ。

こういう人はあらゆるものがマニュアル通りって感じだね。たぶんこの女の人の持ってるもんてブランド品で、みんなからいいとされているものじゃないの。指輪も服も全部他人と同じもんで、こういうのよく雑誌なんかに出てるなっていうのを着てて、男の人への尽くし方っていうのも、マニュアルを、そのままやってるんじゃないの。そういう人って、結局自分が一つも出てこないんだ。

年下の男にだって、初めは至れり尽くせりでいいなって思われてたのに、結婚って言った途端に、「引っかかっちゃいけない」って思われたみたいだね。

昔、西川のりおが、どっかのおネエちゃんとやろうと思ってホテル連れ込んだら、おネエちゃんが冷蔵庫にしがみついてイヤだって離れないんだって。無理やりはがしたらおネエちゃん冷蔵庫の下敷きになっちゃって、うんうん唸《うな》ってるんだってさ。

根性が曲がってるヤツはさ、結婚して男の稼ぎで楽しようと思ってるんだぜ。それが良くない。男のほうだって、初めは気持ちいい、尽くしてくれるからさ。便利だけど、結婚って言うと、「冗談じゃない、こいつと結婚なんてとんでもない」って逃げちゃう。いいと思うよね。男の人と女の人が結婚しないで、お互いに仕事持ってて、会いたい時に会って、それで趣味が合ったらこれほどいいことってないじゃんか。時々外国に一緒に遊びにいってたら、そのほうが楽しい。子供だって作ったっていいじゃないか、別にさ。子供はどっちの籍でもいい。籍自体がおかしいんだから。

相談5

仕事はやりがいがあり、言うことないのですが、ただひとつガンなのが私の上司。私の企画に横やりを入れ、自分の手柄にしたり、なまず顔なのに似合わないダブルのスーツを着て、飲みに行くと卑猥《ひわい》なことを言って、自分のソープ通いを自慢します。この上司の異動はありそうになく、私の苦難はいつまで続くのでしょう。

なまず顔でダブルが似合わないなんて、これ上司の立場で言えばひどいこと言われてるぜ。なまず顔なんて自分のせいじゃないんだからさ。結局これは、相反したところにいると、かたっぽはよかれと思って直すし、みんなを飲みに連れて行くし、少しイヤラシイこと言っても、「ウケるかな」って思っても、全部裏目に出ている。そうなると、上司にとってこれほどイヤなヤツはいないぜ。

反対にこのおじさんにこの女の子のことを言わせるとおもしろい。おいらが一生懸命おごったりなんかしても言うことは聞かないし、社内報書かせてみれば間違いだらけで、あーだこーだって一生懸命直してやってもムッとしてるし、いったい何を考えてるんだって言うよ。接点がないんだよ女の子と。この女の子がそこんとこをよーくわかると、少しはわかり合えるかもね。

だいたい上司なんてね、部下が意見出しても、それを自分の意見として出すし、立場の保全を図るためにさ。卑猥なことを言ったりするっていうのは、セックスの関係を諦《あきら》めている人なんだよ。せめてイヤラシイことぐらい言っちゃおうかなってくらいで。自信がある人で、エッチなこと言わない人のほうが危ないんだ、本当は。飲みに連れてって普通の会話して、いい会話しているヤツいるじゃない。こういうのが一番危ないんで、四文字を怒鳴っているヤツは、もう諦めてるから怒鳴ってるんだ。この上司が好きなら一緒にいて楽しいってこともあるわけ。イヤラシイ話でもね、その上司のことが好きならゲラゲラ笑えるってことあるじゃないか。クマさんがイヤラシイこと言ったって、誰も何も言わないじゃない、しょうがねえなって。

質問の内容は、この人が独断で書いていて、あらゆることを自分中心に見てるってことでしょ。こういうふうに見えるってことなんだよね。まるっきりこの通りとは限らないし、立場変えて見たら、全然逆かもわからないからね。逆に言えばね、その上司におごられるのがイヤなら、たまにはおごってみればいいんだよ。上司におごって、酔ったふりしてぼろくそ言っちゃうんだよ。課長はいつもこんなことしてしょうがないわねって言えば、こたえるから、けっこう向こうはさ。

相談6

帰宅途中の電車で女性に足を踏まれました。その女性と数日後再会し、お酒を飲んだ後ホテルへ行きました。その後も彼女との関係は続き、最近では会社に電話をかけてきます。彼女との関係をやめたいのですが、彼女は「スリルがあって楽しい」と言います。妻にもバレず会社にもバレず別れる方法はないでしょうか？

例えば電車の中で人妻と知り合って、その人が離婚して自分と一緒になろうって言ったらさ、男は逃げちゃうぜ。だってさ、人妻との関係が楽しいんであって、だから女がフリーになった瞬間にイヤになるってことが必ずあるからね。危険さとかが全部効果になってるのが分かんないんだよね、女には。

けっこう、この人の奥さんが相手の旦那《だんな》とできてたりなんかしてね。スーパーで会った時も、お互いに顔見知りだったかも分かんない。電車の中で足踏んだだけで、そういうことできちゃう旦那なんだろ。

相談7　ずばり、いつまでも若く美しくいられる方法はないのでしょうか。子供を産んでから一五キロも太ってしまいました。主人もあきれて、今では寝室も別です。今度一〇年ぶりの高校のクラス会があります。悩めるおばさんを助けて下さい。

田嶋陽子《たじまようこ》先生は評判になったよね、『TVタックル』出て急にきれいになったって。ちょっと難しいけど、量子力学なんかでいうと、人間の体を構成している原子やなんかが、意識したものに当たると動くわけだから、反応して。人間は全体がその集まりだからね。テレビやなんかに出てる人が外歩くと、みんなの意識が集中するわけ。「あ、あの人がいる」って。その目線の力というのは、相手の分子を分解するから、見られる人はじゃんじゃん変わってくるはず。だから、アイドル歌手がデビューの時と顔が変わってくるというのは、レンズで磨かれ、人の目で磨かれる。意識が作用するわけだからしょうがないんだ。

要するに、きれいになりたい奥さんだったら、人の注目を浴びるようなところにいけば、きれいになってくるさ。だから悪い人って悪い人の顔になってるじゃないか。悪い人の顔っていうのは、本人のせいじゃないよ。まわりの人が、「あいつ悪いヤツだ」って言う、そのせいだよ。だからじゃんじゃん悪くなるわけ。きれいな人は、まわりの人が素敵にしてくれるんだよ。家から外に出て、どういう関係でもいいから、他人と多く接触すると、全然違ってくるはずさ。

芸人ってそうじゃない。「あの人は今」とかさ、久々にテレビに出てきた人を見ると、「何でこんな顔になっちゃうのかな」ってのがあるもんね。


おいら悩みごとだらけ、でもおいらは悩みごとが好きでね。大好きさ。悩みごとはゲームだと思ってるからさ。分かんないパズルがあると、問題を解こうと思うじゃない。そういう感じだから、悩みごとってさ。

悩みごとに強いタイプとね、弱いタイプがいる。おいらは悩みごとに強い人だから。まわりの人に「たけちゃん。あんなことがあって、よく自殺しないね」って言われると、「何で?」ってけらけら笑っちゃうぜ。「信じらんない、この人」って言われるけどさ。

いるでしょ、つまんないことで自殺しちゃう人。学校の先生に怒られたとかさ、二〇万円落としたとかさ、笑っちゃうけど、かえって偉いかと思うな。潔くて。

今のおいらの悩みはさ、遊びの内容が決まっちゃったってことかな、仕事も決まっちゃったし。休みは、外国へ行ったらゴルフやろうかとか、普段はピアノ弾いてマラソンでもしてようかとか、固まっちゃったから動きようがないんだ、もう。なんかしてみようかなと思ってさ、ただなんかしてもね、夢中になれないんじゃないかって思ってさ。

おいらの悩みをちゃんと言えば、「子供をどうしようか」とか、いろいろあるよ。「子供だ、カミさんだ」っていうのがね。

一番いい方法は見捨てちゃうんだよ。頭の中から捨てちゃう。もう楽よ、こっちが捨てちゃうと子供はついてくるからね。「捨てられちゃいけない!」ってね。

相談8

夫と大学生の息子がいる四四歳の主婦です。パート先で知り合った一六歳年下の彼と付き合っています。今はまだ仕事後にお茶を飲む程度の付き合いですが、彼

――は積極的でもうすぐ一線を越えそうです。彼と別れるべきか、流れに身を任せるべきでしょうか？

四四歳で誘われたら、「焦って帰ってきちゃった」って！　嬉《うれ》しくてしょうがないんだよな。惚《ほ》れるほうも惚れるほうだよな。二八歳でほかにいないのかよ。二八歳で四四歳のおばさんに手出すヤツも珍しいよ。

二、三回付き合っちゃえばその男だって飽きちゃうから。二八歳でしょう、もう少し付き合えば、もっと若いヤツのほうがいいに決まってるんだからさ。一線を越えたらもっと良くなっちゃうっていうのは、選《え》り分けて付き合ってるからさ。

悩んだって、バレなきゃいいんじゃない。本人は悩んでいる自分が嬉しくてしょうがないんだからさ。一番打ち明けやすいとこに打ち明けちゃうんだから。一六歳年下っていうのがね、いいよね。どうせ捨てられるんだから。これが同じ年だったらね、旦那捨てて二人で逃げちゃいそうだけど、一六歳年下だとまあ遊びかなっていうのがあるからね。

やっぱり人生は思いきりだよ。単調に生きていたって同じだよ。もう少し生きていても、何かの病気で死んじゃうかもしれないんだからさ。

思いきっていこうぜ。

相談9

お見合いをしました。相手は一流企業のサラリーマンで、結婚を前提としたお付き合いを始めましたが、キスどころか手も握ろうとしません。彼の部屋を訪ねたとき、同性愛者の本が置いてありました。私は彼が世の中を欺くための道具なのでしょうか？

この人は捨てがたいんだよね、彼が。一流企業で、これから出世コースいきそうなんで、「この人を逃したくない」っていうわけか。それがただホモだから悩んでいる。大した望みもないヤツだったら、相手がホモだったら、もちろんことわっちゃうわけだからさ。

その男を好きだって以前に、条件とかでさ、この人を必要としてるんだよ。手も握ってなくて何もないのに、好きになるって変だ。押し倒してから、あとから付き合おうっていうのもあるのにさ。彼、男女両方とも好きなのかもしれない。でも、手も握れない何もしないということはだね、男のほうにそういう経験がまるっきりなくて、女に対してちょっと何かあるからなんで。ホモ雑誌なんてわりかし自由に手に入るんだから、男のほうに行くってことあるよ。

もっと積極的になってだね、男がコーヒー買いにいってる間に、裸になってベッドに寝て待ってるとか。

同性愛者ってよく寿司《すし》屋の職人に多いね。妙に肌が白くて小太りのアンちゃん。そういうのは、「デブ専」といって、うちのグレート義太夫《ぎだゆう》なんかすごいもてる。ファンレターすごい来て。あとで見てみたら男からだったの。全部男だったってがっくりしてんのさ。

とにかくさ、男を好きならそれでいいじゃないか。自分は男が好きだし、その男の人も男が好きだったら相性合わないんだから、やめたほうがいい。

一番困るのは、彼が「女も相手にするけど、男も相手にする」、これが一番困る。

男はボトルキープみたいなもので付き合っててね、これは付き合っとかないと取られちゃうから、まずはこの女は押さえといて、さて遊ぼうかって。年とってからどっちと結婚するかっていうと、女は不利なんだよ。男は有利なほうに行くからさ。

浮気は男の甲斐性《かいしょう》だなんて言ってると、つけあがるぜ。このおネエちゃんもね、「ホモをやめなさい」って言ったほうがいい。その男、エリートなんだから、「会社にホモだって言いふらすよ」って、「あたしと一緒になりなさい」ってさ。

死ぬまで脅迫すればいいじゃないか。

相談10

私の妻と義理の母は、べったりした関係です。妻は年中実家に入り浸り、私たちの家庭のことまで何から何まで母親に相談します。夏休みにどこかへ旅行しようかと言えば、「ママも一緒でいいでしょ」と言い出す始末。妻を一人の女としては愛していますが、母の前ではまるで子供になってしまう妻に耐えられません。

おいらだったらありがたいと思うけどね。多いですよ、このタイプ。男は楽だろうなこれは。逆のパターンで、旦那がおっかさんにべったりよりはいいよな。子供を産む時期っていうのは、体温を計ってさ、排卵日っていうのがあるんだからさ、この日じゃないとできないっていうのを考えてるのかもよ、親子なんだから。女同士だから、そんなことは分かっているからね。

カミさんを「まだ愛してます」っていう旦那の方が問題だな。チャンスだよね、遊びに行く。まだね、カミさんの心が母親のほうに動いているから引きもどそうとしてるけど、カミさんがこっちのほうに来たらイヤになっちゃうかもしれない。カミさん頭いいね。うまく微妙なバランスとったら、この家族はいつまでたっても安泰だよ。

新婚旅行の基本は「二泊三日」って決まってるんだ。西海岸一週間なんてばかなことするから、へとへとになってばからしくなって離婚しちゃうんだ。

だからこれも逆にいって、好都合だと取らなきゃどうしようもないな。気になるっていったらこれほどイヤなことない。「母親んとこばっかし、いきやがって」ってなっちゃうから。面倒くさいことは相手のお母さんがやってくれてると思っちゃえばさ、それでいいんだよね。

本書は、一九九八年八月刊行の角川文庫『嫉妬の法則—はっきり言って暴言です』を大幅に加筆訂正し、新書化したものです。

ビートたけし
1947年、東京都足立区生まれ。漫才コンビ「ツービート」で一世を風靡した後、ソロとしてテレビ、ラジオの出演のほか、映画や出版の世界でも国民的人気を得る。映画監督・北野武としても世界的な名声を博す。97年、「ＨＡＮＡ-ＢＩ」がベネチア国際映画祭金獅子賞を受賞。著書に『間抜けの構造』（新潮新書）などがある。

嫉妬《しっと》の法則《ほうそく》
——恋愛《れんあい》・結婚《けっこん》・ＳＥＸ《セックス》

ビートたけし

二〇一三年四月十日　初版発行

発行者　井上伸一郎
発行所　株式会社角川書店
東京都千代田区富士見二―十三―三
〒一〇二―八〇七八
電話／編集　〇三―三二三八―八五五五

発売元　株式会社角川グループホールディングス
東京都千代田区富士見二―十三―三
〒一〇二―八一七七
電話／営業　〇三―三二三八―八五二一
http://www.kadokawa.co.jp/

装丁者　緒方修一（ラーフイン・ワークショップ）
印刷所　暁印刷
製本所　ＢＢＣ

角川oneテーマ21　B-165

ISBN978-4-04-110452-1 C0295